繪／Roo

大俠，
別退！聽我解釋呀！！

繪／Roo

這……

GAEA

GAEA

兔俠
vol.5 背叛者
護玄——著

兔俠 vol.5

目錄

人物簡介
CHARACTERS

青鳥．瑟列格▼第六星區
金髮碧眼、擁有一張娃娃臉的20歲熱血青年。
喜愛正義、討厭壞蛋，夢想成為正義組織的一員！

琥珀．沙里恩▼第六星區
黑髮，擁有罕見湖水綠眼眸的16歲少年。
個性冷淡、有點不善交際。

兔俠▼第七星區
處刑者。性別男，大白兔布偶，白毛紅眼睛。
非常認真嚴肅，忠於自身信念。

黑梭▼第七星區
處刑者。黑髮褐眼，變化後轉為紅眼。
看似輕佻，但其實相當會照顧人。

茆・菲比▼第六星區

處刑者。金棕色的長髮與雙眼，是個可愛的少女。開朗、大而化之。對自己人很好，有點排外。

沙維斯▼第六星區

隸屬聯盟軍部，無法得知任何底細，專門捉捕處刑者。眼與長髮都是淡灰色。冰冷不易親近，堅守正義。

噬・巴德▼朱火強盜團

朱火團長之一。黑髮褐眼，左臉有火焰圖騰。為了達到目的，可以使用任何手段。

美莉雅安奈・巴德▼朱火強盜團

朱火副團長之一，橘髮褐眼，左臉有火焰圖騰。冷漠高傲，只服從噬的命令。

「茆・菲比〔註〕這個名字如何？」

「？」

「和露娜很相像的名字，我覺得妳應該會喜歡。」幫女孩梳著長長的頭髮，他這樣說道：「很久以前，我在母星記錄中看過這個名字，希望沒有記錯意義。好像也是小鳥兒般的可愛名字。」

「和露娜很相像的啊？」她露出微笑，不是以前那種不帶任何情感的笑容，而是真正發自內心喜歡這個名字的笑。

「好啊，我很喜歡，謝謝阿德。」

註：在這裡的菲比是指母星語言中的Phoebe。

第一話▼▼▼忘卻

第六星區

從一開始，他就是聯盟軍的人。

沙維斯並沒有忘記自己的出身，即使不想承認，但是依舊無可抹滅。

「沙維斯大人，情報部隊傳來新的訊息。」

睜開眼睛，他看向從遠處走來的夜魅，即使相當恭敬，但沙維斯能確定這名由聯盟軍指定派給他的女性在轉身之後，會向聯盟軍呈報自己所有的活動。

雖然身為聯盟軍的爪牙走狗，不過對方並非完全相信他，可能連一半的信任度都沒有，至今依舊透過各種方式監控他。沙維斯不是笨蛋，自然知道這些事情，不過在釐清所有到現在還不解的問題前，他仍聽從指派。

跟海特爾走那一趟看來不是沒有收穫，至少聯盟軍到現在似乎都還沒發現他刻意將某樣物品交給兔俠那群人，沙里恩家的小孩果然如他所想的有些來歷，就是不知道能夠透過他們調查到多深。

「沙維斯大人？」

停在青年面前，卡蘿嘗試第二次叫喚：「情報部隊傳來消息，在兩座武器庫小島上都有發現污染者的蹤跡，應該與先前的是同一批人。總長希望這次能取得有用情報，最好能得知他們聽從於誰。」

第六星區近來頻頻出現污染者，顯然在檯面下有什麼不可告人的活動，讓他們直屬的總長感到極度不舒服。

「與我無關。」沙維斯站起身，揹起自己的長刀，「反抗者，殺。」

「……總長請您想想港區區域長與指揮官的事，這是您應該做的。」卡蘿勾起美麗的微笑，並未被對方不合作的態度激怒，應該說從第一天開始她就知道自己任務目標的性格，不須與之動怒，只要對方能乖乖聽從聯盟軍的調動即可。

聯盟軍可以養一隻能將人撕裂的猛犬、忍受牠的撒賴，但不接受無視命令、無法控制的惡狗。

沙維斯沒有回應女性略顯強勢的語氣，直接跨出步伐離開。

「我知道指揮官是您的兄長，而區域長曾是兩位的監護人。」

看著對方停下腳步，卡蘿帶著稍微有些惡作劇的笑容，從青年身側走出，繼續說道：「聯盟軍在『那一日』名譽受損，花費極大的工夫才將事件壓下，爲了彌補這點，相信沙維斯閣下應該會全力效忠聯盟軍。」在接下輔助這人任務的那天，她就已經查過相關機密資料，當然曉得這人的背景來歷。

沙維斯冷哼了聲，再度向前踏出步履，不帶任何感情地開口：「既然您情報這麼靈通，應該知道我在十多年前已經與他們脫離所有關係，背棄家族，一度成爲無地之民，之後轉爲登錄在其他星區家族之下。」

「這我當然知道，我只是不解您效忠聯盟軍究竟有何用意？」

沙維斯沒有回答女性的話，也不想再回答任何問題，他直直向前走，拋下這個聯盟軍總長的心腹。

有何用意，這並不干其他人的事。

他與第六星區總長交換過的唯一條件，即是他抑制能力者，而總長將凶手交給他。

是的……就是「那一日」的凶手。

爲什麼成爲聯盟軍，他不記得。

那日熊熊火焰燃燒港區，禁忌的食人赤色轉繞出毒氣，躺在地上失去生息的平民不計其數，被毒霧腐蝕到不成人形的肉塊更是隨處皆是，一個不小心便可能踩上連自己都無法分辨的東西。

港區被攻擊的求助訊息發送到四處，能力者專用頻道上不斷更新所有狀況，各種危急、求救，來不及等到援助、瀕死前的嘶號聲持續傳遞著。

他和其他人一樣，當時正在附近的商船上，那是艘自由行者經常使用的私船，載運成員的名單並未登錄在聯盟軍系統中，船隻僅只報備載貨使用。

確認事態緊急，行者們得到了共識，一致放下手邊事務前往救援，他也與其他人同行。商船一直載著行者們到附近的島嶼，當時港區已經封閉且充滿戰火，所以無法入港，只能由附近的小島登陸，時間上會延遲些。

到達後，沙維斯與行者們沿途處理不少海盜與強盜。

那些記憶不算清晰，過程幾乎是重複般地對上海盜、快速動手擊倒對方，讓來犯者無法再從地上爬起，並幫助疏散還躲在建築物的平民與排除莉絲毒霧的各種能力者。

狀況其實都在掌握中，如果這樣下去，能力者與聯盟軍肯定能得到勝利，將所有強盜與海盜趕出港區，然後平定危機。

但情勢突然急轉直下，「頭腦們」緊急發出警告，聯盟軍中有高層下令要轉向攻擊無防備的能力者，想將能力者與強盜一網打盡。受到幫助的低階聯盟軍顯然也有些措手不及，大多用各種辦法暗示來援的能力者們盡快離開，甚至有人乾脆大喊要他們快逃。

部分能力者因此憤怒，怨恨聯盟軍的反目，開始失控；而聯盟軍也逐漸抵禦起能力者們，讓強盜團有機可趁……港區再度陷入混亂。

就在那時，沙維斯親眼看見伊卡提安一刀砍下指揮官的頭顱。

雖然已經脫離關係，幾乎十多年來不曾再見，但他還是瞬間認出那就是與自己有血緣關係的面孔，帶著絲微的詫異，飛轉離體的頭顱沉進了滿地屍體之中。

他在那些混合了荒地之風行者與聯盟軍的屍體堆裡看見嬌小的女性。

震驚、憤怒與不敢置信。

白色的強光與巨響過後，這區所有人都被震昏。

世界陷入瞬間的寧靜。

再度清醒時，沙維斯記不起那名女性的名字，也失去關於她的一切，但是她卻躺在自己的懷中，自己的雙手緊緊抱著對方，而他們已經在聯盟軍的醫療中心裡。

女性的屍體早已開始變質，只是那些醫療人員不敢強硬拉開他們。

有人告訴他，那堆屍體大半都是荒地之風那名失控的能力者所爲，而對方早已藏身到聯盟軍無法找到的地方。

港區被聯盟軍封鎖，所有證據都被銷毀，不讓一般人提起這些事情。

將女性埋進墓園時，沙維斯見過即將入罪的區域長一面，被憤怒的能力者削去半邊面頰，區域長用混濁不清的聲音告訴他，他仍有著家族與聯盟軍的身分，在這裡的所有資格都沒有被銷毀，他必須接受聯盟軍總長的調動；如果要報復能力者殺掉指揮官、也就是他兄長的仇恨，總長可以答應他的條件。

爲什麼點頭成爲聯盟軍，他不記得了。

他不知道那名女性的身分，更別談什麼報仇了，他根本不想幫指揮官復仇。因爲一開始沙維斯就是因爲他們的貪婪而脫離關係，發誓不再有所牽連，即使他們爲自己的行爲付出代價，他也不皺一下眉頭。

但是他就這樣渾渾噩噩地成爲聯盟軍，唯一的條件只是找到殺死女性的「凶手」，他連要幫對方報什麼仇都不知道，似乎也沒那個立場。

從那天開始，沙維斯發現自己的記憶有了斷層。

按兵不動、服從聯盟軍，遣除不該死的能力者，讓他們轉為地下化、不再生事；殺掉眞正作惡的能力者，讓平民不受那些惡徒的騷擾，這也讓得到立即成效的總長能夠睜隻眼閉隻眼。

總有一天，他會找到機會查明一切。

□

「潘。」

在行者藥局的第二日上午，海特爾正在接受潘的換藥，一名女性敲敲房間木門，隨後說道：「『那位』來了。」

「哪位？」海特爾不經意地開口詢問，門邊的女性跟著看了他一眼。

「既然您已經無大礙，自然是來將您帶回去的人。」潘結束手邊工作，端著木盤站起身，微微一笑，朝女性開口：「請他進來吧，別讓其他人看見。」

女性點頭跑回通道後，潘將木盤放到一旁矮櫃上，接著拿出準備好的乾淨衣物與小背包，「雖然與您聊天很有趣，交換食譜也很有意思，不過藥局果然不適合讓人久待，

趁有管道可離開時，快和家人朋友會合吧；我幫您預備好藥物，可以帶在身上備用。」

海特爾誠心地道過謝後，潘便微笑地退出房間。

藥師離開，接著進來的是沙維斯。也不意外，畢竟知道自己在這邊的也沒其他人了，海特爾趕緊換好衣物，藥品一揹，連忙尾隨在對方身後，從祕密出口離開。

走出藥局，海特爾才發現這裡果然夠隱密，不但臨海，而且還僞裝得相當好，外表看起來根本就只是個海邊小屋，平日可能還會賣點小食什麼的給遊客；如果沒有人帶領，還眞不會知道這附近有這種地方。

「您待會還有其他事情嗎？」海特爾留意到沙維斯雖然穿著一般斗篷避人耳目，但斗篷底下全副武裝，不但隱約可見聯盟軍制服與他的長刀，似乎還有其他物品，看起來就是要進行什麼有危險的任務。

「調查些事。」沙維斯領著人走到停放在遠處的私人動力車，讓對方上了車、確定周遭並沒有出現其他不該出現的東西後，才進入車內啓動。

「啊，那些奇怪的小島對吧。」其實這根本是多問的。就算不用腦子想，現在第六星區最大的事件就是港口的異變島，海特爾在藥局中也聽見了公用頻道宣布進行處理的相關新聞，只是聯盟軍的宣布中並沒有講太多，只呼籲一般民眾盡量不要外出，以及港區目前還相當危險，暫時封閉，請船隻移動到其他備用港口停泊等等。

「是。」也不知道爲何會告訴對方實話，不過說了倒也無所謂，這算是正常程序。沙維斯將車輛設定好終點後，轉身從座椅下拿出銀色的箱子遞給旁邊正在看窗外海景的青年，「帶在身上。」

海特爾愣了愣，打開箱子，發現裡面是把銀槍，上面還有細細的線光流動著，一看就知道是帶有某些程式的低能源武器，而且價值肯定不菲。「這個……」

「不是聯盟軍的物品，放心。是行者打造，有簡易的震盪系統，對付一般機組可拖延些時間。」沙維斯指引對方看槍上的幾種程式，「帶著，防身。」

「這種貴重的東西可不能亂收。」立刻小心地將箱子關回，海特爾說道：「這對您比較有用，防身的話，我有很多佩特製作的小儀器……」

「帶著，不准離身。」打斷對方的話，沙維斯有點厭煩地加重語氣，帶有命令意味。都說到這個份上，海特爾也不敢再拒絕，只好邊道謝邊收下，然後思考之後該如何還人情。

接著有很長一段路程都沒人說話，並不想打破這種沉靜，沙維斯環著長刀閉上眼睛稍作休息，旁邊的海特爾當然就更不敢開口了，於是只從拿回來的隨身儀器上閱讀些港區事件的相關新聞，以及一些後援會的通訊情報。

原本他就有訂閱森林之王後援會的情報，自從知道波塞特可能和大白兔那邊有關係，他也一起加入了其他幾位處刑者的。

這類指定情報大多也就是講講處刑者近期的各種事蹟，與相關事件的後續報導。一開始當然被聯盟軍禁止，不過後援會傳遞情報的方式都遊走在法律邊緣，認眞說起來不過也和所謂民間自營運的娛樂節目差不多，久了聯盟軍也懶得抓，只要無人因此犯法，也就無視了。

不過也因爲聯盟軍長期監督著，所以上頭的內容自然不會太深入，與一般新聞差不了多少，只是對處刑者們的案件描述、追蹤比較著重而已。

連續看了幾篇更新消息後，海特爾抬起頭，正想按按痠痛的後頸時，才發現沙維斯車子的目的地似乎不是設在指定避難處，而是其他地方。「走錯了嗎？」

沙維斯睜開眼睛。

「你兄弟與母親在芙西分據點。」沙維斯順手調整了動力車的軌道，如此告訴青年，「附近的備用港口。」

「原來如此。」仔細想想，波塞特以前的確曾說過如果眞有問題，可以到芙西據點

尋求幫助這類的話，只是佩特一直不喜歡用這層關係，所以他才沒放在心上。

比他還熟悉此處的沙維斯在進入備用港口後，順利將動力車停在一處掛有芙西圖騰的小房子前。

看沙維斯似乎沒有要下車的意思，海特爾再度道了謝便離開。

正要往芙西據點裡面走時，他想想回過身，敲敲動力車讓對方打開窗子，「雖然這樣說不太可靠，不過如果有什麼我可以幫得上忙的事情，請讓我做吧，否則老是單方面接受幫助，會讓我不好意思。」

本來以爲沙維斯可能會又像之前一樣不甩他，讓他回去又要困擾很久，不過意外的是，沙維斯竟然眞的露出了思考的表情。

「就算跑腿也可以。」

「這樣的話……」

□

波塞特收到消息走出來時，正好看見他那讓人擔心個半死的白痴哥哥正在朝某輛動

力車的車屁股揮手。

「那誰？」拎著對方往芙西據點裡走，波塞特讓顧門的人留意附近。

「沙維斯啊。」海特爾揮掉沒禮貌弟弟的手，整整衣領，邊和周遭其他船員打招呼，邊跟著往裡面房間走去。

「……少跟他混在一起。」稍早收到琥珀傳來的訊息，波塞特大致了解對方的出身與被招募的經過，在不曉得那人究竟想幹什麼的情況下，最好還是有多遠離多遠。

「你誤會了，沙維斯他是……」

「啊！竟然直接叫名字了！」波塞特有種自家兄長被拐走的感覺。

「有什麼好介意的？」

「不要熟到直接叫人家名字，才見面幾次啊，佩特說過不可以和聯盟軍打交道，你眞是吃飽撐著。」

海特爾想想，突然笑了聲：「你這是吃沙維斯的醋嗎？」這小子老是在外面跑，沒想到還會計較這種事。

「神經，只是怕你這笨蛋被捲進那些破事。」把人推進配給的小房裡，波塞特小心地關上門，「你都不知道後面的水有多髒，那個人可是直接隸屬第六星區總長的單位，還是顆隨時都會被丟掉的棋子。」

琥珀給他的資料足以顯示聯盟軍並未信任沙維斯，而是將他用在剷除不必要的能力者上，雖然他被賦予極高的地位，但也隨時會有生命危險。在這點上，聯盟軍並沒有提供其他的保障，甚至在最危急時，底下小隊的第一任務也不是救援他的性命。

「你怎麼知道這些事？」海特爾挑起眉，從潘那邊聽來了類似的事情，他可不知道自家弟弟能藉由芙西取得這種情報。

不過看來潘告訴他的可能遠多於他弟知道的，否則對方就不會是這種反應了。

「這就別管了，佩特去辦理手續，你們兩個就在這邊一直待到外面沒事再說，芙西會保證你們的安全。別再亂跑，也別再和沙維斯糾纏，那個人的事情你碰不得。別說你不是能力者，就算你是，也沒辦法應付。」波塞特自己都沒把握處理這些事情了，當然也要把家人藏遠遠。他重要的也就剩下這些，這次不想再被聯盟軍給牽連。

「……好吧，別這麼嚴肅，當心禿頭。」原本想把潘所提到的事情告訴對方，但海特爾發現他弟似乎無法接受聯盟軍的事情，只好先按下不說。

「我跟你說正經的你還給我扯禿頭！」波塞特真的有想殺人的衝動。

「有什麼好生氣，我比你大我還不知道什麼事情危險什麼不危險嗎。說到底，要是這麼擔心我們，就不要老是往外跑，一天到晚找黑島對你也沒好處，幹嘛不忘了！那東西根本不存在，這樣想不是很好嗎？」提到這個，海特爾也開始有點火氣，眼前的傢伙每次只會回來說不要做這個、不要做那個，結果最危險的根本是待在芙西上的他啊，都不知道在家裡的人多擔心，即使芙西是被稱爲海上霸王般的船隻，也會有個萬一，爲何就不能乖乖地全家在一起呢？

「我也很想當作不存在啊，怎樣都找不到，但是它能夠眞的不存在嗎！」如果眞的沒有還好解決，問題就是那個鬼地方是存在的，「你根本就不知道我在意什麼！」

「你——」

砰的聲巨響，打斷了兩人越來越大聲的爭執。

踹開房門的佩特將手上的物品直接砸到一見面就吵架的兩兄弟頭上，直接將兩個笨蛋打翻在地，「幹嘛啊你們，吵到走廊都聽見了，要一人一條抹布擦乾淨這裡嗎？」

「……」

「……」

看見佩特凶惡的面孔，兩兄弟瞬間噤聲了。

「眞是，難得大家在一起，就不能偶爾有點安靜溫馨的時光嗎。」支使兩個笨蛋整

理好拿回來的物資，佩特很無奈地搖頭嘆氣，「小波，你把事情告訴你哥了嗎？」

「呃，還沒。」波塞特看見沙維斯的車屁股後整個光火，倒是忘了先講其他事。

「怎麼？」海特爾看著表情瞬間變得正經的另外兩人，知道可能發生了點什麼，也就先放下剛剛吵架的不滿，拉了椅子一起坐到小桌邊。

「我們遇到了『那些人』。」

□

「呦，沒想到會在這邊碰面啊。」

離開芙西據點、折回港區後，沙維斯到達指定地點，第一個見到的並非應該前來的卡蘿，而是副長之子亞爾傑。

對於亞爾傑，沙維斯的了解也不算少。

副長利蒙確實發誓效忠於第六星區與總長，但其子相較於父親的聽話順從，顯得較具侵略性與野心，年紀輕輕便已結交不少勢力；身為副長輔佐，在聯盟軍中替代自己的父親各處打點遊走，幾乎人人都要賣他三分面子。提出的各種計畫與方案乍看之下很普通，不過沙維斯研究過大量報告後，發現這人交出的東西都相當狡詐，不仔細看便通過的文件，事後都會「巧合」般相當多的部分有利於副長。

被總長召入後，對方首先提出須加強注意的人，就是眼前的青年。

「如果聯盟軍沒教會你打招呼，好歹也不要用那種可怕的眼神看人。」亞爾傑聳聳肩，不太在意對方盯著自己打量的眼神，露出友善的微笑，「我可是奉總長命令過來調查武器庫的，不是敵人。」

「……」沙維斯揹著長刀，不打算繼續等那名夜魅，他越過青年，直接朝那兩座被各種植物包圍纏繞的武器庫走。

能力者撤離後，港區也算一片狼藉，特別是那些還未散去的巨大植物，雖然之後聯盟軍會安排能力者來清除，但也得花上不少工夫，畢竟這是頂端能力者造成的，要處理也不是那麼簡單。

現在整體看來，就像是大片範圍的海上藤蔓與被插上天的兩半小島，那些植物甚至仍繼續生長，開出嫩芽小花。

「泰坦眞的很厲害，對吧。」跟在後頭走過來，亞爾傑笑笑地說道，無視對方根本

不想理自己的冷漠態度，讚歎地看著海中與空中纏繞的各種綠色植物。多虧這些玩意釋出的綠粉，稀釋淡化了原本可能會爆發的莉絲毒物，沒造成也許會影響更廣的傷害。

「可惜聯盟軍沒有這種人才……不過說起來，鳥還是要放在野外恣意飛翔才最自由。」

沙維斯並不打算和對方聊天，此行的任務是調查疑似於此出沒的污染者，而不是與聯盟軍中的勢力打交道。

他拋下青年，直接踏上在海面編織而成的藤蔓之地，從堅固的攀藤植物交織出的空隙間濺上了些許海水。

「如果您是要調查污染者，我倒是可以幫你省點事。」

聽見後方傳來的悠閒話語，已經走出一段距離的沙維斯回過頭，看見青年也跳到海面上，不過只是蹲在原地戳著隙縫裡的水花。

「副總長直屬的部隊剛剛已調查過這一帶了，現在除了聯盟軍之外，應該沒有其他人，更別說污染者。我倒是比較煩惱這些武器庫之後要存放在哪邊呢，還有機組造成的污染也很麻煩，大概得動用不少水系能力者。」接下這次的善後工作，早來一步的亞爾傑站起身，環起手笑著面向眼前的能力者，「全區域掃描已經傳給你了，如果你還想調查點什麼，裡面也附上詳細地圖。大家同僚一場，不用太感謝囉。」

沙維斯打開隨身儀器，果然看見有不少即時資料已經傳到自己這邊，且還在不斷更新中。正要查看資料時，他聽見青年突然改變了剛才戲謔的語氣。

「看來我得向你道歉。」亞爾傑盯著海面下，這次很眞誠地開口：「我的部隊還沒探查到海底。」

沙維斯揮出長刀，一刀削開與海底攻擊者間的障礙，綠色藤蔓與荊棘碎斷彈開之際，隨之帶上的是全身穿著黑色衣物的污染者。與之前看過的那批打扮相似，可以確定是同路人。

污染者翻上藤蔓，血色的眼睛冷冷打量著他們。

直接擋在亞爾傑前面，沙維斯數算著人數——海底下的其他幾人被察覺後，也不再隱藏氣息——共有七、八人左右，算是能應付的範圍。

「是來搶核心的嗎。」亞爾傑笑笑地環著手，「聯盟軍還沒回收武器庫核心，看來應該是很重要的東西。」

污染者們瞇起眼睛，立刻分爲兩路，其中幾人就往上方被切開的小島嶼衝去。

「果然是來搶核心的。」樂得讓沙維斯去對付這些污染者，身爲一般人的亞爾傑往後退開，涼涼地看著鑽進那兩半小島的其他傢伙。

見青年沒有幫忙的意思，沙維斯便逕自快速解決那幾名不是對手的污染者，正要上去處理剩下的那群時，卻突然被阻止了。

「等等嘛，爲何要自己費工夫去挖那個核心呢，有人幫忙多好。」亞爾傑拉著對方的大衣，抬頭看往上方，接著吹了記響哨。

沙維斯只見數名白衣女性從不同的隱蔽處飛躍出身，她們的氣息藏得太好，竟讓人沒留意到絲毫存在感。

「不用太驚訝，這些可是特別訓練過的，能發現她們的可不多，專門用來應付擅長『窺探』和『眞實』的小隊。當然，並不是針對你。」那個伊卡提安算是難得能發現的人之一吧。亞爾傑笑了下，在心中盤算著接下來得處理的各種事情。

衝入空中小島的污染者群可能接收到同伴的示警，過不久就護著某樣東西衝出來。老早設定好包圍陣型的白衣女性部隊在看見獵物出現的那瞬間，動作一致地出手。

在沙維斯眼中，這些女人雖然年紀都不大，但卻有著老練的強悍身手，受過的訓練絕對不只聯盟軍教育的那麼簡單，她們更像是長期在危險地區經歷過種種生死存亡，攻擊模式極具契合度且應變力非常強，也沒有累贅耗費動作，三兩下便將所有污染者都拿下，那枚被取出的核心自然穩穩地送到亞爾傑面前。

「看吧，這比我們自己亂找快多了。」亞爾傑拋拋手掌般大的核心儀器，交回給白衣女性，讓後者放入備置好的隔離箱中。

「你早知道他們在海底，不是嗎。」那道歉什麼的鬼話，根本只是說給他聽的。沙維斯看著那些污染者一個個被打暈扔下來，落在他腳前。

「誰知道呢，既然總長要你調查污染者，那污染者歸你，核心歸我，不用謝了，這樣你也省得開殺戒。」亞爾傑揮揮手，讓女性退下後，看見夜魅的身影出現在岸邊，接著壓低聲音：「污染者可不屬於我這方，看來也不是你們那方，你就自己小心點吧。」

「……」

看著青年離開的背影，沙維斯陷入思考。

等到夜魅急急趕來，說著臨時被交付任務所以來遲的原因後，他才開口：「總長有讓副長插手污染者的事嗎？」

「嗯？關於今天的污染者，總長只直接下派命令給你，其他人並沒有污染者出沒的情報。」看了眼離去的亞爾傑，卡蘿皺起眉，「出了什麼事？」

「……沒有。」

看著地上的污染者群，沙維斯再度沉默。

第二話▼▼▼接駁船

在黑森林度過一晚後，青鳥左思右想，還是決定去追小茆。對方即使有怪力，畢竟還只是個十幾歲的女孩子，放著她自己亂來也不好。起床後把這想法告訴大白兔和琥珀，他們似乎不是很意外，只點點頭表示了解。

不過之後的事反而讓青鳥比較驚嚇。

「泰坦知道幾位立即要出發，特地幫幾位準備了些物品。」大清早所有人被聚集到大廳吃早餐，蕾娜突然無預警地這樣開口，讓青鳥差點一口豆漿直接噴出來。

「你們還有其他事嗎？」阿德薩有點疑惑地看過去。

「還有一些『瑞比特』的事情要處理。」橫瞪他家正在咳嗽的學長一眼，琥珀很自然地順口說下去：「所以就不再留了。」

「原來如此，一切小心，現在外面還不知道會再發生什麼事，聯盟軍正實施高級管制，眞被刁難的話可以聯繫亞爾傑，他會幫忙的。」阿德薩還是擔心兩個小孩，多囑咐了幾句。

一旁的蕾娜將手上的行李交給大白兔——雖說是行李，但並不大，大約就是腰包般的大小，用植物纖維編織而成，看起來強韌耐用。

打開之後，大白兔只看見裡面有一團綠色葉子，不知道包裹著什麼，看不出端倪，不過他想既然是森林之王的善意，也就道謝收下，然後塞進身體裡。

一行人很順利地離開，黑森林的人甚至將他們送到港區附近，在一處較隱蔽的位置放下人、確認安全性後，駕著飛行生物的成員才折返。

「眞是，果然不能在黑森林講太多話。」

確認黑森林的人離開後，琥珀撥弄著手腕儀器，「看來我們肯定被攔截了不少訊息。」雖然已做了種種準備，不過在人家地頭上，果然還是無法做到完全防堵。

尤其黑森林還是運用植物的地方，誰知道那些植物偷聽或偷看了什麼。

「這也是沒辦法的事。」大白兔抖抖耳朵。

「唔……先不管這個了，去找小茆吧。」反正事情都發生了，現在說這些好像也沒太大意義。青鳥很直接地想著先把眼前的事情做好再說吧，總之黑森林應該不會對他們不利，所以被他們知道些東西大概也不會怎樣……大概……

瞄了眼他家學長，琥珀嘆口氣，只好先按下黑森林那邊的事。

將小茆提供的座標輸入後，程式很快地運行幫他們規劃出沒有聯盟軍經過與監視的路徑。「得繞點遠路。」琥珀計算過路程，因爲要避開各種監視器，所以免不了會利用各種野外小徑和一些荒廢道路。

「那就快點出發吧！走！」

很想往過度樂觀的矮子頭上揝一拳，琥珀暫時忍下手癢，就這樣兩人一兔直接朝座標目的地出發。

多虧聯盟軍的管制，路上完全沒有任何人，否則路徑可能會有更多變化。

然而，雖然已經詳細監測聯盟軍所在，不過偶爾仍有突然冒出來、極爲接近的聯盟軍，幸好也都在正面碰上之前偵測到，才能非常順暢地逐漸靠近海邊。

一路上走得很沉默，本來有點想誇獎他家弟弟的青鳥偷偷看著走在後方的琥珀，不知爲何琥珀異常安靜，也沒給他腦袋來一記，還是像之前一樣來個兩句冷嘲熱諷，他還以爲對方會很不滿這樣到處亂跑的狀態……難道是因爲早上吃壞肚子嗎！

「並沒有吃壞肚子。」已經走得一肚子氣了，還看見那矮子用各種目光看著自己，琥珀當然也曉得對方很可能在想什麼。如果不是因爲怕車輛會被追蹤，他們還須要靠兩條腿嗎！

追根究柢，還是這矮子害的！

「累的話我揹？」青鳥很快看出問題點了。

「兔，你腳短，我腳長，會拖地。」琥珀瞇眼道出差距。

下一秒，青鳥跪在路邊默默地流下男兒淚。

「差不多也快到了。」大白兔估算著剩下的路程，環顧著周圍一片亂石雜草的荒涼郊外景色，再走一段路就是海岸邊了，貿然過去可能會遇到巡岸的聯盟軍。

「是啊，應該是到了，妳也該出來了吧。」

停下腳步，琥珀轉向旁側的大樹。

「你們來得比我預計的還要早呢。」

一把抱起青鳥，小茄笑笑地看著另外一人一兔，「我就知道小鳥一定會來的~」

不知道現在應該裝死還是裝活，青鳥本來想要頭一歪，掛在女孩手上，在看見他弟弟凶惡的眼神後，只好小心翼翼地開口：「妳發給我們的訊息是……」

「正式進入話題前，我想問一件事。」小茄打斷青鳥的詢問，相當直接地轉向琥珀，「聽說你們在反叛軍手上拿到與黑島有關的東西？」

「……唉，核桃身邊的人是間諜嗎。」琥珀嘆了口氣。把物品交給他們的核桃爲了不增加風險，沒有把這件事告訴別人，這樣一推算，不難猜出島上剩下的唯一同伴就是間諜。

「只要回答我有沒有。」小茆瞇起眼睛，也懶得交代間諜什麼的，只想知道答案。「那就看妳相信我們的程度有多少，我們並沒有打開物件，但據聞它和第四星區的關聯比較大，反叛軍並沒有提到任何關於黑島的事情。」琥珀稍微在心中打點了下，他打開背包，讓對方看見封死的盒子。「所以妳不用拿我學長當人質。」

「我沒有——」小茆連忙將手放開，急著說道：「我沒有……」

「琥珀，你別嚇人了。」完全知道友人只是在開玩笑，青鳥立即打圓場，「就像琥珀說的一樣，我們也不知道盒子裡裝什麼。」

這麼一說，他才想到盒子都還沒打開哩，每次要開就會被打斷，看來要找個天時地利人和的好時間來開開了。

琥珀聳聳肩，收起背包，「那麼所謂的入口是如何？」

小茆斜瞪了少年一眼，重新抱住青鳥，才開口：「在你們到達之前我已經確認過了，座標應該沒有問題；不過是在海外，得走海路。」

「妳去過了？」看著女孩抱著他家學長走，琥珀與大白兔對看一眼，立即跟上。

「是啊，不過沒進去，只是找到入口，花了我大半天的時間。船我雇好了，是私船，才剛發生武器庫的事，現在找私船都要多花幾倍價錢呢。」已經去過一趟的小茆，原本就是賭看看其他人會不會來，所以原船折返後，就在這邊等他們。「我想你們肯定也會想看看黑島……不過波塞特怎麼沒來？」她還以爲那個船員也會跟。

「他有點事，下次有機會吧。」琥珀計算了下，因爲出現了那些奇怪的污染者，恐怕波塞特那邊的事也不會太快解決。

「好吧，那就這樣。」

小茆挾著青鳥、領著人，很快便轉入旁邊更爲偏僻的亂石路徑中。

私船停泊之處並不遠，甚至近得讓青鳥有點捏把冷汗，沒想到這年頭私船還大剌剌地停在很有可能被聯盟軍盤查的地方，雖然外表長得很像一般漁船……

「配備眞多。」琥珀走近後，用隨身儀器把那艘船徹頭徹尾掃過幾次，發現那艘看起來無敵不起眼的破漁船上起碼搭載了十幾種儀器，還有反軍方掃描設備。

「哼哼，當然啦，你以爲我們月神會隨隨便便找條船就出航嗎，又不是吃飽撐著存心找死。」即使大部分後備都是阿德在處理，但小茆還是有些管道可用，找條軍方探測不到的私船只是小事。

蹲在小船上的船主是個矮小的男子，披著灰綠色斗篷，看不太清楚臉，對於青鳥等人沒任何疑問，就讓他們自行上船，確認都到齊後就發動小船的動力，靜靜滑出海外。

小茆那組座標其實並不遠，加上小船的速度不慢，大約三、四個小時左右便到達座標點。

座標所在地就如同他們先前所查詢的是一片空蕩海域，什麼也沒有，就連一小塊漂浮孤島也沒看見。望過去頂多是看到幾條魚被驚擾跳起。

「下面？」青鳥看著旁邊的小茆，後者對他點點頭。

「你們該不會要說不會游泳也不會潛水吧？」小茆接過船主幫他們準備的水中防具，眨眨眼。

青鳥和琥珀同時搖頭，接著三人一同把視線放到僵在一旁的大白兔。

「大俠您該不會……？」青鳥吞了吞口水，看著連耳朵都不敢動的兔子。

「請、請放心，在下不會因此而死亡。」大白兔勇敢地如此回應。

說起來，都可以放到洗衣儀器裡了，會不會游泳似乎也沒什麼關係。

「那就沒問題啦。下去之後有段距離，那個地方藏在一處海溝裡，你們要跟緊我，

萬一沒跟上就自求多福吧。」將水中防具扣在大白兔手上，小茆繼續說道：「水中儀器保護時間大概五小時左右，如果不小心脫隊，馬上回到海面等待救援，在海下迷失是很危險的……不過你應該對壓力無感，就這樣吧。」

「先在此謝過。」大白兔一拱手，很慎重地感謝對方，接著一抬頭才發現女孩早就已經跑掉，直接竄到旁側抱起青鳥。

「小鳥可以跟我手牽手下去喔~」

「……」青鳥決定放空自己。

「差不多就是這個位置了。」不想搭理他家學長和纏在他身上的女性，琥珀對準座標、啓動儀器，和船主打個招呼，完全無視其他人直接就往海面跳。

「等等我啊！」看他家弟弟竟然毫無眷戀地去了，青鳥連忙也打開水中防具，拉著小茆跟著往水裡跳。在校時他們都上過不同儀器的應用課程，陸地上的儀器防具大多都是抵禦莉絲或其他毒氣、攻擊；水中儀器則是保護人體，特殊的水中氣流能夠調節深海壓力等問題，同時也提供壓縮空氣，輔助使用者盡量不受海域影響。盧林有一次的作業就是開發深海防具，結果在泳池實驗時直接爆炸，當時還炸出好幾樓高的超大水花，在學校的另一端都能看見小彩虹呢。

一進水中，周身立即出現環繞氣流，大約將水隔離出兩公分左右，提供空氣的淡藍色光芒同時也在儀器上亮起，手腕儀器則與水中防具同步相連，開啓水底的通訊系統。

「大俠呢？」青鳥轉過頭，正好看見大白兔頭下腳上地從他身後漂去。

青鳥覺得心中好像又死了點什麼，連忙抓住其中一片耳朵，把大白兔給翻正過來；爲了避免對方再度隨水流漂遠，他乾脆抱緊對方，打算維持這模樣往目的地前進。

「都到齊了就開始下潛吧，大概要潛一小段時間喔。」設定好水中儀器後，小茆游了幾下，從後面抱住青鳥，順便幫對方設好下潛功能和深度，服貼在身體周圍的氣流轉變了方向，開始緩緩將所有人往下拉。

根本不等其他人的琥珀已經下潛得有點距離，藍色的光在越來越暗的海中一閃一閃地亮著。

成串的泡泡隨著氣流不斷滑過他們身側往上方衝去。

低頭看著底部，是全然的一片黑暗。

青鳥突然想起之前遇見的海上信差，不知道對方怎麼可以自己在這種地方來來去去、不覺得寂寞。

如果換成是他，根本不想自己一個人待在這裡。

太冰冷黑暗。

會找不到回來的道路。

下潛持續了約莫一個小時。

就在青鳥潛到有點快睡著之際，旁邊的大白兔突然動了幾下，猛一回神他才發現已經快要到達底部，身後的小茆張開手，鵝黃色的亮光照開了周圍的海底，驚動不少生物四散逃逸。

「琥珀呢？」青鳥左右張望，沒看見早先到達的人，立刻緊張起來。

「他好像先去座標點了，眞不合群。」小茆瞄了眼水中儀器，上頭顯示小隊其中一人已靠近座標處，她嘖了聲，領著青鳥和大白兔往充滿各種岩石與廢棄物的深處游去。

扣除那些天然礁岩生物，海底其實還保存著不少人造物，如上世代戰爭時下沉的機器人、船艦、飛行器，還有各式各樣已經被覆蓋上不同物質的武器，有部分青鳥甚至還可以辨認出型號，大多都是現代已被嚴格禁止的危險機械，其中幾樣在課堂上還曾被提出來特別說明在當時造成了如何難以挽救的破壞。

已經先一步來探過路的小茆按照先前已經設定好的座標，讓水中儀器引領他們逐漸靠近深藏在海面下的另一個空間。

最後，出現在青鳥等人面前的是類似小潛水船般的物體。

稍早到達的琥珀抬著手，讓儀器光芒照亮這艘小船，不過年代實在太久，已經被各種藻類或寄生類生物附著上好幾層，隱約看得出大概是可承載少量人的小型船艇，但結構不明。

昨夜探過路的小茆游過去，撥開一小塊重新覆蓋上的沉積物，露出早先被她清理出來的乾淨面——小艇的部分外殼，銀白色的不明材質幾乎沒有被海水侵蝕，就像是剛打造出來般的完美，而上面刻印了一排文字。

「這是初代人類的科技產物。」一看見上頭的古老文字，大白兔立即說道。

「我想也是，規格上也是初代人類那時期的製造物。」當時人類使用的材料很多都還是來自於母星的物資，所以那時代的科技物與後來星球上的發展物有點差異。估計就是因爲這樣，小茆才會叫上他們而不是自己進入，畢竟現在懂得初代技術的人已經不多了。

端詳著小船外板，琥珀很快在心中有個底。

將古老的文字以翻譯系統簡單釋義過後，出現的是「VT8專號」的字樣。

「這不是……」青鳥有點訝異地轉向小茆。

「是，所以我才說確認入口了，只要有這種接駁船，一定就可以進到實驗室。」雖然不是她和露娜逃離的地方，但能找到一個，就不用擔心找不到第二個，那些實驗室裡肯定有能夠互相通聯的記錄可查。

「那也得要船能用。」拉住又快漂走的兔子，琥珀替對方調整下儀器，讓大白兔可以好好固定在原位。

「我檢查過了，動力源都在，船似乎也沒有毀損。」小茆很誠懇地直接朝對方開口：「接下來就看你的本事啦。」

「……」難怪要叫他們來。琥珀嘖了聲，如果不找他們，不想被阿德薩知道的小茆自己也打不開這玩意。

「琥珀加油！」

直接往旁邊搧風點火的矮子呼一拳，才發現在水裡打對方不痛不癢的，人只直接往旁側漂開，這讓琥珀更想把對方直插海溝了。

……算了。

反正他們遲早還是要找到這些地方。

認命地將手腕儀器貼到小船上，琥珀快速打開小船的系統。的確如同小茆所說，船的動力還在，即使沉默了這麼久也沒造成太多影響；當時的科技早已進步到能完整保存這艘船的一切，就等著再次重啓。

通過連線，琥珀迅速破解鎖碼，恢復所有動力，接著從小船傳來確認身分的要求。

「怎麼了？」看琥珀停止動作，青鳥和小茆、大白兔不約而同擠到男孩身邊。

「這艘船是一位叫作德利特．塔利尼的人所有，船正要求授權。」琥珀挑起眉，倒是有點意外會出現這個姓。

「塔利尼家族？」大白兔有點意外，「古代家族之一，不是說塔利尼已沒了嗎？」

「看樣子是在消失之前就停在這裡了，用的也是古代語言，不是近代。」稍微敷衍了下具有模擬智慧系統的要求，琥珀重新更改授權所有人，想了想，便直接設定在瑞比特的虛構身分下。「差不多就是這樣了，先向後退一點。」

幾個人緩慢地往後游開些許距離，就看見復甦的小船緩緩向上移動，從一片廢棄物體中拉拔出被淹沒在裡面的其他部分，震動掀起的大量沉積物混濁了海水，瞬間可見度變得極低，還有不少看都沒看過的海底生物受到驚擾四散奔逃。

被翻騰的水流又沖得往後移動不少，拉住滾來滾去的大白兔，青鳥調整水中儀器，加大能量，硬是把自己和兔子固定在原地，這才沒被沖到更遠。

海底的騷動和水流混亂了好一段時間才停止，等到那些差點連人都吞噬殆盡的沉積物質逐漸被排開後，青鳥才看見小茆就在他們附近不遠處，琥珀則掛在稍遠些的某個廢棄機骸上；再等半晌，水流逐漸平復後，幾個人才重新會合。

這時，小船已經差不多啓動完畢，船殼表面正在釋出某種淡黃色的液體排除經年累月的附著物，一塊接著一塊的海洋生物、植物慢慢地滑落，順著海水漂到了其他廢棄物上，最後重新顯現出小船的原本面貌。

那是艘流線型的銀白色小潛艇，就像一開始預估的，應該只能乘載五人左右，約一間教室的大小，上下方的排水系統已經順利運轉，各式儀器看來也完好如初。

「來吧。」打開了小潛艇身側的小房間入口，琥珀領著其他人游進去。

關閉後，小房間開始將滿載的冰冷海水抽出，在最後一滴水消失的同時向上移動，將所有人送進了小船的內部。

最後出現在他們面前的是船隻中心操控室。空間不小，中央有個圓形凸起面，周圍正好五個座位環繞。

「歡迎回到VT8接駁專號。」

突然響起的女性聲音把青鳥等人嚇了一大跳，鎮定下來後，才發現是小船的智慧系統在對他們說話，用的還是現在的語言。座位中的圓形面發出了柔柔的光，從那裡圈繞出無數程式，接著是金髮陌生女人的模擬影像。

一一掃描所有人，女人最後將目光放在琥珀身上，「編號VT8－99EX061，領航員代號Eilis，很榮幸再度爲您服務。」

「妳這裡能夠到VT8實驗室嗎？」既然可以直接溝通，小茆也就不客氣開口：「如果可以，就馬上出發！」

「是的，本船搭載定位系統，擁有VT8運行軌道，隨時都能爲各位做分島生活區接駁服務。」女人抬起手，連串的座標開始在空氣中跑動，接著原本銀白色的壁面逐漸轉爲透明，出現了外頭的海底景色。「出於安全考慮，請各位就座。」

「這段時間，運行軌道有改變過嗎？」輕輕地坐到其中一張座椅上，琥珀將手和儀器伸進了柔光區域裡，開始連結系統。

看他的動作，剩餘的兩人一兔也連忙各自找位子坐好。

「根據定位儀顯示，並無改變軌道，依舊使用相同路徑。」態度非常溫和的智慧系統柔柔地回覆著。

「從這裡到實驗室要多久呢？」第一次搭這種深海潛水艇，青鳥有點興致勃勃地也跟著舉手發問。

「依照計算，離到達分島生活區尚有十六個小時又二十四分八秒。三分鐘後，各位即可起身四處走動，本船備有床鋪可提供休息，海水轉化淡水處理器在兩分鐘後生成飲水，如須捕捉生物進行烹調，亦可選擇指定。」

「該、該不會還有娛樂設施吧？」青鳥有點感動。

「有的，目前能爲您提供影音與運動設施。」

「有英雄——」

一巴掌往他學長腦後搧，搧掉可惡的英雄片後，琥珀回過身，重新導正話題。「德利特．塔利尼最後的下落是在這艘船上嗎？」

既然船在海底，估計可能是遇到什麼預期外的事情才會被深埋，不然這類有智慧型系統的控船，理應要回實驗室才對。

「是的，德利特．塔利尼目前在本船上收存中。」

青鳥呆呆地看著領航員。

「收存？」

他覺得自己好像聽到某種怪怪的用詞。

「死了嗎？」小茆立刻反應過來。

「是的，德利特．塔利尼收存在本船中。」

「讓我們看看遺體。」琥珀站起身，轉過頭的同時，船首位置的地板切割出成年人大小的長方形，從那裡推出了一具材質看起來像是玻璃的透明長箱。

幾個人靠近一看，裡面果然有具成年男性的遺體。雖說是遺體，但看起來異常新鮮，好像隨時會再跳起來——如果無視他胸口連心臟都消失的大洞，還有削開不見的後腦，這人的確只像是睡著。

「鮮肉保存技術啊……」看著快要兩百公分高又長滿強壯肌肉的死者，青鳥默默有點嫉妒。但是嫉妒死者好像又不太對，只好一邊嫉妒一邊在心中幫對方唸個禱詞。

往矮子的頭頂敲了下，琥珀打量著遺體。

「似乎是被某種武器射擊，他的傷口切面太過整齊了，斷面相當俐落。」小茆看著遺體，嘖了聲：「高能源武器。」在這個時代是被禁止的武器，偏偏一百多年前，這種武器滿世界都是。她能舉例的東西太多，至少有三十樣武器可以打出這種傷口。

也就是說，這具屍體起碼死了有一百年以上的時間。

「德利特．塔利尼死亡時間有多久？」端詳完遺體，琥珀再度對領航員發問。

「截至今日，共五百八十三年零三個月又十四日、七小時十六秒。」

「死因？」

「……」

「死因是？」覺得領航員好像有點怪怪的，琥珀再次重複剛剛的問題，然後開始檢查領航員的系統運作是否正常。

「遭高能源武器射擊，依口徑計算，確認爲遠射程光束槍。」

「妳……」

「等等，請讓在下發問。」阻止了琥珀的追問，稍微看出點端倪的大白兔離開遺體旁，走向女性所在的柔光區。「您與德利特先生一直在一起嗎？」

「是的，在休眠前，Eilis與德利特相處了共計十八年六個月三天、九小時十五分二十七秒。」

「德利特先生是位非常珍惜潛水船的人。」

「是的，德利特非常細心地保養著Eilis，所以Eilis同樣非常仔細地保養德利特。」

「德利特先生的遺體是您回收的嗎？」

「是的，Eilis回收了德利特的身體，將他收存在本船中，依照德利特先前的指示遠離VT8分島，並切斷所有追蹤通聯，因無新一步指示，便在海底休眠待機。」

聽到這邊，小茆和青鳥面面相覷，大家都安靜下來，讓大白兔繼續與領航員對話。

「您在回收德利特先生時，有記錄到什麼事情嗎？」大白兔動了動耳朵，偏著腦袋再度提出問題。

「是的，曾記錄到數秒鐘的影片，因火力攻擊無法久留，立刻撤離。」邊說著，領航員邊調出了影像，接著播放。

短暫數秒的影像背景是激烈的交火，似乎是什麼戰爭中，轟隆隆的巨響，岸上充斥著火焰與爆炸——領航員當時顯然隱藏在水中。岸邊的交戰速度相當快，也可見到倒下的大量軀體，血水染紅了海面，接著模糊的畫面中，領航員追蹤到主人的身影，同時也做好定位、上前接應。

那瞬間，影像傳來憤怒的罵句：「——你們怎麼敢做出這種對不起阿克雷的事！」

這句話在記錄中是使用初代語言，由琥珀翻譯成現代語言給另外三人了解。

罵語後，一道強光貫穿了被定位的男性；遭到攻擊的男性向後倒退幾步，落入海中之前再被掃過後腦，最終被領航員收進了船內。

畫面到此結束。

「……在下的問題到這邊結束，謝謝您的回答。」朝領航員一揖，大白兔極為禮貌地道謝。

「請不用客氣，如果有任何疑問，本船很樂意協助各位。」領航員露出美麗的微笑，收起了檔案，「待德利特修復完畢後，應能為各位提供更好的服務。」

「那個……」青鳥小心翼翼地開口：「修復……」

「是的，雖然人類受損後似乎要關機很久，但本船會繼續嘗試修復並重新啓動。」

「……」

修復這樣子死亡的人類是不可能的事情，這種話，青鳥突然說不出口。

「請各位安心享受航程。」

第三話▼▼▼VT8

「這是低階的智慧系統。」

船內的沉靜持續了好一段時間，確認航行穩定後，琥珀走到後面的小房間裡想弄點茶水，看見他家學長跟來，便隨口說道：「高級模擬系統知道死亡的定義，看來應該是接駁船不須高智慧思考系統……那也不是壞事。」

「死亡定義……」接過對方遞來的杯子，青鳥緩慢地在地板坐下，「定義嗎……」

「別想太多。」在對方身邊坐下，琥珀喝著轉化完成的茶水，「無法避免智慧系統產生思考，所以大戰過後，才會和所有科技一樣禁止繼續發展。」另一個原因是星區環境的改變不利於科技發展，如果繼續採用思考型系統，很可能會擴大負面影響；所以聯盟軍必須先駕馭科技與系統，確保剩餘資源的使用，自然排除掉讓「它們」獨立運作的狀況。

青鳥嘆了口氣，盡量讓自己不繼續思考剛才那些對話，就像以前一樣避開這部分。

「不過看來那個塔利尼家族的人信奉請願主啊，眞可惜阿克雷沒有替他懲罰那些壞人。」

「……是啊。」

「不過算起來，居然是六百年前左右發生的事，搞不好那位德利特還有可能是初代人類喔！」因為科技的發展，從初代開始，人類壽命就不算短了，活個兩百年左右應該還不成問題。這樣一想，青鳥覺得自己剛剛看見的搞不好就是初代人類，突然有點興奮，正想拉他家弟弟討論下這件事，轉頭就看見對方閉著眼睛靠在自己身邊，好像睡著了。

看樣子折騰大半天讓琥珀也累了，原本在學校裡，琥珀就不是那種以體力見長的學生，就算有武術課程和鍛鍊體能類型的課程，他還是差不多這樣子。

調整下姿勢讓琥珀更好靠著，青鳥一抬頭，就看見小茆正要走進來，他連忙朝對方比了噤聲的手勢。

看了看青鳥，又看了看礙眼靠在旁邊的琥珀，小茆其實很想把男孩扔出去，換自己靠在旁邊。

有點不服氣地乾脆在青鳥另一邊坐下來，想想她乾脆就依樣畫葫蘆地也眼睛一閉，直接靠上去跟著睡。

瞬間陷入動彈不得窘境的青鳥根本不知道現在該怎麼辦，左邊一個琥珀、右邊一個小茆，萬一不小心把兩個都吵醒，他會很慘啊啊啊啊——

接著更可怕的是，他看見大白兔也出現在門口。

「……」

突然發現人都消失的大白兔看著一地三人，唯一清醒的青鳥還朝自己猛使眼色，剎那間腦袋整個空白，不知該如何回應。

所以他只好倒退，退退退，退出這神祕的小房間，走回控制室。

記的沒錯的話，一開始領航員好像說有床啊……

回到控制室後，大白兔想想便再請領航員調出剛才的影像記錄，雖然只有短短數秒，不過裡頭透出的資訊其實相當多。

「請問德利特先生是初代人類之一嗎？」大白兔估算了下時間，做出與青鳥相同的推測，認為這位塔利尼很可能是初代到達新世界的母星人類。

「不是的，德利特是第二代人類，塔利尼家族將分島實驗室交託予他，是繼承者。」拉出前期家族譜，領航員指著第二段的位置告訴大白兔：「此艘接駁船也是德利特專用的家族船隻，德利特與他的研究員經常使用Eilis前往各地採集樣本。」

「那麼這裡有記載黑島的座標或地圖嗎？」

「接駁船並無前往本區的授權，無法使用。」

看來這艘船只限在VT8周邊區域活動。大白兔思考了下，繼續詢問：「那VT9或其他地方呢？」

「Eilis原本擁有各分區的授權座標，但遭到攻擊，相關記錄檔毀損，無法復原。」領航員露出有點遺憾的語氣。

按照領航員的說法，可見六百年前發生過相當不得了的交戰。看著記錄畫面，大白兔這樣想，但今日的歷史上並沒有相關記載，初代世界有許多事都沒有被流傳下來，像是有人刻意抹除，直到今天，所知的一切說是聯盟軍剔除後再保存的也不爲過。

接下來大白兔便專心在影片上。

雖說四處都是竄燒的火焰，但很明顯可以看出周邊還有不少先進建築，包括武器在內，的確都是古代的設計型態。

如果當時的VT8有這些火力，現在要重新進入可能也必須謹慎，畢竟直到十多年前那座島嶼都還有人使用——這點波塞特兄弟已經證實。

那麼是當初交戰勝利那方的後代繼續使用，或者是之後數百年間，島嶼已更換過主人？抓走像波塞特和北海這樣的能力者，是在研究什麼呢？

還有，VT8和VT9是聯盟或共主？他們到底站在哪一派、哪個星區？

大白兔思考著。

最終一切，或許幾個小時後就能揭曉。

□

青鳥清醒時，是躺在白色又軟又舒服的床鋪上。

有瞬間他還不知道自己在哪裡，幾秒後，才能熊熊想起來自己好像應該是在潛水船上。

還沒反應過來，就看到一個胸部直接往他臉上壓過來。

「剛醒的小鳥也好可愛喔～～～」

「小、小茆……」連忙把女孩推到旁邊，青鳥火速跳起身，這才發現他已經被移回一開始的控制室，原本有五張座椅的室內變成整片環繞中間圓形的床鋪被褥，搭配著微亮的海底景觀看起來相當特殊。回過頭就看見大白兔在角落盤腿打坐，他家弟弟則靠在透明的牆邊捲被子睡覺。

「你醒得眞是時候，已經差不多要到囉。」就著側躺姿勢支起頭部，小茆伸出手指直接在青鳥的臉上畫圈圈，「剛剛我用了這艘船的烹飪系統，幫你做了一些小點心呢。」

青鳥被畫到全身雞皮疙瘩整個爆出，連忙往後退開好一段距離，「呃、謝謝。」

「不用客氣嘛，只是件小事情。」小茆坐起身，撥動了長髮，露出美麗的微笑。

有那麼一秒，青鳥差點口水滴出來，畢竟小茆原本就和露娜一樣是個大美女，這樣毫無雜質的笑容還眞有點讓人心動的感覺。

然後下一秒，他馬上想起了一拳破牆壁……

「嘖。」原本還想繼續培養感情的小茆，看見另一邊礙事的電燈泡也甦醒起身，只好不甘不願地先中止這回合，打算另找個時間再接再厲。

琥珀打了個哈欠，從被窩裡爬出來，然後揉揉眼睛，拉開資訊確認路徑和目的地。

「Eilis，啓動反偵測系統，潛入分區下方入口停泊。」

「是的。」

「有問題嗎？」大白兔結束打坐，朝琥珀走去。

「好像掃描到探索系統……說不定那個實驗區還有人。」將自己的隨身儀器和潛水

船連接後，琥珀可以直接利用船上的系統查詢，「也有可能是主機本身還醒著，本能性偵查靠近的物體，總之先不要引起注意比較好。」

「有人的話……」小茆瞇起眼睛。

「妳在那上頭大開殺戒對你們沒有好處，妳的主要目的是利用裡面的科技幫阿德製作解藥，如果引起騷動，別說做不成解藥了，可能還會牽連到阿德和露娜，自己想想哪個比較重要。」琥珀冷漠地直言，不認爲對方眞的會選錯邊。

「……嘖。」看來這次只好先饒過那些垃圾的狗命，既然有進入的方式，那以後多得是機會。小茆認同琥珀的看法，她現在最重要的是阿德薩，只要能夠治好對方，他和露娜就可以一起擁有幸福，露娜就再也不會被過去的事情束縛。

到時候，即使她不在露娜身邊，也沒問題了。

「我們已經進入VT8分區，現在開始啓動反偵測系統。」領航員輕柔的聲音結束，船隻的燈光也開始減弱，原本映照深海的微光緩緩消失，船體周圍陷入一片黑暗；而內部空間也僅剩圓形區域跑動程式時的黯淡光芒，「顯示區域繪圖。」

收下了各種跑動文字，領航員開始提供最終目的地的解析圖形。

就青鳥看來，那是很像某種直立長形飛船的物體，上端很大，下端逐漸狹窄收尾，像根棒槌一樣。

更吸引青鳥目光的是，這個物體的最頂端是島嶼的樣子，連植物都種上了……可見也是個僞裝成島嶼的傢伙。這年頭不管是武器庫還是實驗室都是島的模樣，實在陰險到極點，怎麼這麼喜歡騙人那是島啊。

琥珀躺回床鋪，仰著看那些圖案，「這樣，才能說是被切割出來的啊……」

「聯盟軍教導我們的是，將被污染的區域隔離捨棄，所以才有那些異變島，看來大概也沒這麼簡單了，估計他們是想把這些人造漂浮島嶼給合理化吧。」小茆支著下頷，冷笑著說道：「眞有意思啊。」

「待會兒船會停在備用的安全避難口，你們從那邊進去。」琥珀翻過身，拉下他家學長手上的儀器開始做調整。「我就不跟下去了，和你們這些能力者在一起估計沒好事，在這裡還比較安全點。」

「什麼！這可是難得的機會，琥珀你眞的不想下去觀光嗎！」難得可以近距離接觸古代科技，青鳥原本還以爲他家弟弟超期待！

「不，我有點貪生怕死。」琥珀賞了對方一記大白眼。

「他不下去也好啊，就可以不用分心保護人了。」小茆用力抱住青鳥，比較期待兩

人世界……雖然還有兔子，算了，還是兩人世界！

「唔……」似乎這樣也比較好，不過青鳥也很擔心獨自留在船上的琥珀。

「別擔心了，在這種地方我不會有問題，不要被干擾反而能專心引導你們。」將儀器回拋給對方，當然知道矮子在想什麼的琥珀坐起身，「到了。」

潛水船緩慢停下速度，最終靠在一處黑色巨大的洞口前。

因為太黑了，什麼也看不見，隱約只知道有個很像入口的地方。

「從這邊開始，就是未知領域了。」

□

青鳥用力深呼吸。

他還是第一次來到這種地方，準備離船時才發現自己有點抖，整個人緊張得不得了。

「請放心，在下會盡量保護兩位的安全。」大白兔把水中儀器扣好，晃著耳朵說道。

「呃，謝謝。」其實進去之後不知道是有沒有水的空間，不會游泳的兔子好像有點不靠譜，總之青鳥還是先道謝。

「我幫你們設定好自動引導，等等系統會帶你們直接進到下層區，之後應該就可視物了。」再三確認過儀器應該不會出問題，琥珀朝兩人一兔開口：「根據船上的記錄，這地方的住宅區和閒置區可能都被封閉了，你們要找的實驗室區域範圍在地下九十到五十層，一到達就等我破解授權。我記得當中應該會有個集中分析室，運氣好的話或許還可以使用，不過船上的藥劑存量可能無法做出大量，至少可以拿到分析數據和解藥配製方法。總歸一句，不要自己亂來。」

「收到！」青鳥比了記拇指。

看了眼琥珀，不知爲何，小茆總覺得有些奇怪，但又說不上來哪裡怪異，只得先把心思放在實驗室和解藥上，剩下的等回來再說。

「那就別浪費時間了，出發吧。」

將兩人一兔送至離船的小房間後，琥珀朝他們揮揮手。

退回控制室，可以看見黑暗中三人離去的小光點。

偌大的空間再度安靜下來。

那麼，就差不多了吧。

「眞是，這群人到底想對一個學生多放心，要入侵一整座分區可不是簡單的事情呢，還眞以爲隨隨便便就可以辦得到嗎……」琥珀嘆口氣，撤除室內的床鋪，然後走向中央的圓形操控區。「關閉塔利尼家族控制系統。」

「是的，關閉主控系統。」

最後的光源伴隨領航員在話語停止後，同時消失。

黑暗中伸出手，琥珀點亮了新的湖綠光色，「重新啓動主控系統，第一家族獨立系統。」

「第一家族獨立程式倒數計時啓動中……三、二、一。」

湖綠色的光落進了圓形操控區，再度開啓了領航員系統，「第一家族，請輸入身分辨識授權。」

從隨身儀器中拉出授權資訊，輸入後，琥珀等待著。

然後，控制室內再次明亮了起來。

「連結VT8主控核心系統。」既然不是現代星區產物，那麼他就不用與「他們」客氣了。

「連結完成。」

瞬間與巨大物體聯繫上，領航員的身影逐漸轉淡，最後消失在湖綠色的光芒中，取而代之的是另一道同樣纖細的身影。

再度出現的，是不同於領航員的黑髮女性，有點瘦弱慵懶，穿著裝飾相當華麗的古典衣袍，緊閉的眼睛緩緩睜開後，是褐色的眼珠。

休眠中嗎？

琥珀瞇起眼睛，在心中打點了些想法。

「編號VT8－99EX061船隻，越級連結，請出示授權身分。」黑髮女性輕輕地開口，慢慢將視線固定到琥珀身上。

「第一家族……」

琥珀頓了頓，在黑髮女性徹底打起精神的同時，釋出病毒入侵整個核心系統，順便將智慧程式封鎖在原處，以免她跑去壞事。

「第一家族，阿克雷。」

□

「還是好可惜啊，眞想和琥珀一起進來探險。」

在水中儀器的帶領下，青鳥右手抱著大白兔，左手被小茆拉著，維持著這種怪怪的姿勢在黑暗中漂移。

「等到以後我把那些渾蛋都肅清、這邊不危險了，大家再一起來吧。」雖然不想夾個電燈泡，不過如果青鳥想來，小茆當然也樂意陪著。

「是、是說，妳畢竟是個女孩子……不要這樣一天到晚抱著我啦……」每次抱過來都閃不掉胸部，青鳥除了尷尬還是尷尬，好歹他也是貨眞價實的男子漢，這樣眞的很不好，感覺變相在吃別人豆腐。

「我喜歡你呀，露娜也都這樣和阿德抱在一起。」直接轉過身貼在對方的背後，小茆順勢把人抱個正著，「而且大小抱起來剛剛好，我不介意的。」

妳不介意，我介意啊！

什麼叫大小剛好！

覺得男子漢的心受挫、還挫了很大一角，青鳥又開始想流血淚，「我不是好選擇啦……要找阿德那種高高帥帥的，配美女才好看啊。」這樣講自己都難過了，難過程度如山高。

「有人規定一定要高高帥帥嗎？我就喜歡小小可愛的東西。」小茆相當不以爲然。

「小小……」青鳥再度被重擊。

完全被兩人遺忘的大白兔覺得這種話題好像不該在旁邊聽，但青鳥又拽著自己，他也只好裝布偶繼續聽。

「何況，長得再好的人也不一定是好人，我看太多了。」

「不會啊，琥珀人就很好，而且以後一定很帥氣。」說到他家弟弟，青鳥就各種得意。說起來，其實琥珀和小茆也滿搭的，兩個站在一起就是一組小帥哥和小美女，不論內在的話，光看就覺得很養眼……眞希望琥珀以後會有大塊肌肉啊～

那一定很棒！

「你眞覺得琥珀是你想像中那種好人嗎？」小茆挑起眉，打從心底覺得這可愛的小東西實在太單純、太須要被保護了，眞想回去就關在自己房間裡。「琥珀可不簡單。」

「當然，我家弟弟萬中選一！」青鳥繼續得意臉。

「……我不是那種意思。」很想往對方頭上敲一下讓他清醒點，小茆看看自己的拳頭，不太忍心，只好作罷，「算了，改天再……」

「請兩位先別出聲。」

終於到了不得不打斷旁邊兩人的時候，大白兔稍微動了動，啓動細微的光線。

不知不覺，水中儀器已將他們帶進人造島嶼底下的某部分，靠著黯淡的光可以看得出似乎是某種住宅區，他們的下方布滿了許多分隔整齊、但破損嚴重的小型建築物，隱約可見裡頭還有家具，但現在和他們一樣全泡在海水中。

這是遭到某種破壞的普通區域，而且嚴重到了海水滲進的地步。

即使不是生活在古代，但他們也知道初代科技與各種技術並不輸給當今，要破壞這種島嶼一定有某種程度的力量。

大白兔環顧了下，看不出這些建築物是怎樣被毀的，大致只知道好像被什麼巨人的東西攻擊過。

很快地，他們被帶到某片黑暗的壁面前。

「沒路了。」青鳥歪著頭，摸摸壁面。

還沒摸出端倪，他的手邊就傳來琥珀的聲音：「學長你把儀器貼上去。」

照做後，沒有等待太久，細微的喀喀聲便自深處傳來，接著好像啓動了什麼，沉靜的海中傳來一連串細微運作聲響，接著壁面內部透出光，拉出了兩人高的長方形，下一秒，光圈中的牆面突然消失，直接出現一個大洞。

兩人一兔相互看了眼，直接進到那個長方形裡。

果不其然，一進去後，消失的壁面突然又覆回原位，將他們與外界隔離，就和早先進入潛水船時類似。

接著通道排水系統啓動，原本滿載的冰冷海水被抽出空間，而黑暗的空間也逐漸明亮了起來，如同打開電源般，一盞盞燈光就這樣向內拉去，讓他們能夠看清楚又深又遠的門內長廊。

與外面毀損的區域不同，通道內完全不受海水侵蝕影響，看來這地方有非常仔細的防禦措施，即使從初代時期到現在，仍保存得相當完好。

順著通道走一段路後，出現另一扇門。

青鳥再度把儀器貼上去讓琥珀破解，很快地就把新的通道也打開。

第二扇門消失後，裡頭是完全乾燥的空間與走道，而且還充滿著不知從哪來的新鮮空氣，很有可能是剛剛進入時，內部循環系統也跟著一起運作，在短短時間中立即將通道恢復到適合人類生活的狀態。

不過，也可能是這裡原本就有人在使用，所以循環系統一直都在運作中。

這時青鳥等人才把水中儀器給關閉，省得浪費太多空氣。

「各自小心。」

走到這裡，已經不是能再開玩笑的時候了，小茆斂起氣息，準備好隨時能應付各種突襲。

讓青鳥走在中間，殿後的大白兔也豎起耳朵，專注著周遭狀況，兩人一兔以這種隊形緩慢地朝琥珀傳來的座標點前進。

青鳥原本還有點抱著觀光的心態，現在一刻也不敢鬆懈，馬上將自己最得意的聽力技能開到最高，仔細傾聽各種聲響，就怕拖累到其他人。

氣氛瞬間變得既緊張又危險——

「你們在幹嘛啊！慢吞吞的！」

連同大白兔在內，所有人都被琥珀猛然爆出的聲音嚇了一大跳，青鳥甚至還整個人跳起來，緊張的氣氛就像氣球被針戳到，砰地聲直接消失。

「我關閉了走廊的監控系統，附近也沒有活物，你們快點去電梯那邊，別浪費時間了。」

有時候，琥珀真的會給人某種深深的挫敗感。

這是現在兩人一兔內心的共同想法。

□

順著引導，很快他們到達了電梯區。

點開內部資訊，雖然看不懂運行中的古代文字，不過青鳥可以分辨出他們現在正在地底一百三十樓左右的位置，看來應該得向上。

還沒打開電梯，青鳥突然注意到刷新的內部資訊上，從第四十九層非實驗區的地方開始，有好幾處都變成紅色的，跳出了禁區圖案，在一百多層那邊也不少，而剛才他們經過的底部區域則標示了廢棄。

「實驗區域似乎也有一些，待會盡量避開。」人白兔盯著訊息，很快將那些不可行動的區塊給記下。

「走吧。」打開電梯，小茆招呼著另外兩人。

雖說是古代科技，但電梯移動時，青鳥可以感覺到這裡的技術遠超過現在的星區科技。

當然，目前的世界禁止大量科技也是主因之一。

腳下踩著的是用某種光子組成的圓形薄光盤，指令下達後幾乎讓人感覺不到任何震動，穩穩地帶著他們開始往上移動。一眼望去全都是毫無接縫的銀白色牆壁與各種止在甦醒、運作的面板，有些區域的空氣中拉出了正在跑動的圖形和畫面，不過他看不懂。一路上移經過的樓層大多明亮乾淨，偶爾有一、兩層或幾個封閉的小房間依舊黑暗，但在寂靜裡，青鳥的確可以嗅到這種空間有股很難形容的神祕氣息，好像那些房間裡隨時會衝出什麼，還是那種會讓他們超級意外的神奇物體。

如果不是要先去幫小茆找分析和製作解藥的地方，青鳥還真有點想到處看看，畢竟要進古代科技也不是那麼容易的事情……應該說他們進來得太容易了，容易到讓人有點難以相信。他家弟弟真的很厲害，難怪越來越多人敬畏或驚恐他。

弟弟如此成長，當哥哥的青鳥默默有點感動。

說不定哪天眞的會變成超級大魔王，一根手指就可以炸掉邪惡大星區之類的。

「抱歉，辦不到。」雖然看不到矮子的一臉陰險，但遠在另端的琥珀完全可以感受到詭異沉靜的含意。要不然他家學長平常應該是興奮地轉來轉去加哇哇叫，現在什麼都沒有，他整個人背脊跟著涼起來。

「咦！我啥都沒說耶！」青鳥抗議。

「拜託你千萬不要說。」琥珀一點都不想知道對方可怕的幻想。

「竟然！如此！嫌棄我！」

「對，就是嫌棄。」

「你怎麼可以嫌棄如此疼愛你、每天擔心你長不高長不壯又長不出肌肉的好哥哥！」青鳥可是每天睡前都在向神祈禱，希望他家弟弟可以長得像大樹一樣高。

「我很滿意現在的身材，不用您操勞了。」完全知道對方是怎樣的眼光標準，琥珀不想讓這傢伙再操心下去，對所有人都好。「你就早日安息，重新好好做人吧，下次千萬不要變成這樣的怪人。」

「呸呸呸，我還沒死咧——」

「哼。」

看他們可以這樣吵，大白兔思考著，該是附近暫時沒有危險，所以琥珀才敢出聲。無視小孩組的吵鬧，他盯著有點熟悉感的區域，不免也想起了一些舊事，「唉……」

「怎麼？」本來想過去撲擊青鳥的小茆停下動作，疑惑地開口。

「不，沒事，在下只是略想起往事，有些感嘆罷了。」

「這倒是，我也想起了那些往事，真讓人心情不好。」看著熟悉的通道，小茆一整個火氣起來，真想痛痛快快砸掉這地方；接著她注意到不對勁之處了。「等等，你也是從這裡出身的？」那為什麼之前談的時候這隻兔子什麼都沒表示？

「在下並非從此處出身，但曾住過類似的區域，也在該地長大，當時的住所已經不再。所以現在看著，有些感觸。」

「對了，大俠之前曾說過是某個研究機構來的。」想起上次大白兔說過的話，青鳥也起了各種好奇心，「該不會也是像這種古代科技的地方吧？」

「這個……」想想，都到這種地方了，好像也沒有特地隱瞞的必要，畢竟這段時間相處下來，大白兔多少也將青鳥等人當作自己人看待了，就像他也信任黑梭，即使告訴他們，也不會對他有任何不利。「在下的確曾待過類似此種科技的研究機構，但並非古代科技，而是前代科技場所。在那裡潛心學習了相當久的時間，之後因莉絲戰爭時叛軍攻擊，研究機構被解除，故才遠離家鄉，最後輾轉定居於第七星區。」

「前代……」青鳥覺得自己好像聽見什麼有點可怕的關鍵字，「敢問大俠今年貴庚？」

「在下已經存在兩百八十多年了。」大白兔一拱手，回答。

小茆訝異地看著布偶，只想到一件事。

「你是戰前殘存者。」

第四話▼▼▼禁區

瓦倫維戰役爆發時，正好是一個世代輪替結束。

在當時，人口曾短暫下滑到緊急危險數量，扣除了戰爭與莉絲帶來的影響之外，原本壽命的輪迴也到了時間點。

即使科技與醫療技術再高明，人類依舊會因各種事物死去，天災、污染、刺殺、傷殘……等等，像是自然終究有辦法把一輪該走的生命送離，將時間留給新的生命。最終一個世紀留存下來的，也就那麼屈指可數。

加上戰後太多事情讓聯盟軍急著抹滅，對殘存者加以監控，於是戰前殘存者的數量變得更加稀少。

小茆沒想到眼前的布偶竟然也是其中之一，那麼先前黑梭的那種態度就不怎麼令人奇怪了。

「是，在下的確是戰前殘存者，雖未直接參與大戰，但同樣經過那個世紀。」人白兔拱拱手、轉開頭，打斷小茆尚未開口的問句：「看來話題得先就此打住，我們到達了。」

承載所有人的光盤靜止在某片白牆前，基於這地方的牆等於門，青鳥自動自發地把手腕儀器貼上去，他家弟弟也完全不負所望，三兩下就真的把牆給變成門，對他們這些外來者敞開了內部偌大的空間……裡面什麼也沒有，眞的是「空」間，又空又大的房間。

「看來這裡應該很久沒人使用了，所以儀器都已經封存。」走進巨大的空間中，小茆環顧著明亮的室內。

像被凍結時間般，裡頭幾乎連一絲灰塵都沒有，就連地板都好像才擦拭乾淨過，走在上面還可看見倒影。

「我把授權傳過去給你們了，應該可以自由使用室內的物品。另外，在附近樓層偵測到一些生命體，雖然距離相當遠，但是你們還是小心點。」琥珀頓了頓，繼續說道：「我將這一區獨立切割，暫時不會有人發現你們在使用，不過還是有時間限制，時間一拉長會變成怎樣也不曉得，總之一分析完畢就立刻撤離，可以嗎？」

「這樣就夠了，謝謝。」取得授權後，小茆打開分析室資訊。很快地，銀白色壁面中冒出許多銀色小方塊，大約都巴掌大小，十數個飄浮在空氣中。

「分析儀。」立即認出這些物體，大白兔走上前，告訴一旁的女孩，「只要將樣本放進去就可以了，這些分析儀會先解析出污染源，隨後會引導妳做其他步驟。」

小茆點點頭，將帶來的樣本放進小方塊內，然後往後退開，看著那些小方塊聚集在

一起，發出淡淡的鵝黃色柔光，四周同時拉出正在快速跑動的各式分析結果，但使用的是古代文字，對她來說大半都無法理解，倒是大白兔還能看懂一些。

「大約要等二十分鐘。」盯著跳出的時間條，大白兔告訴另外兩人。

「嗯。」

小茆現在的心情既緊張又興奮，她從來沒想過困擾他們這麼久的問題竟然真的能夠解決，而且從找到潛水船到進入黑島內部都順利得令人不敢相信，就好像神在守護他們一樣，連輕微的干擾都沒有。

太順利了。

真的是太過於順利。

而造成這種幾乎完美順利的主因，很大一部分來自於琥珀。

冷靜一想，這也同樣太不對勁。

即使是天才，一般精於各種科技的「頭腦」應該也很難在短短時間內破解古代科技授權，更別說這裡用的都還是舊文字，系統程序也都是最早的初代原始系統，直到現在，還有許多工程師和專家必須努力很久才能破解部分。才十多歲的小男孩，有可能這麼熟悉古代文字和原始系統嗎？

不，不太可能。

如果是像大白兔這種戰前殘存者，說不定還勉強說得通，但如青鳥說過，他們是認識相當多年的學校朋友，那也表示青鳥參與了對方一部分成長，表明琥珀並非殘存者，而是貨眞價實的今代孩子。

越想，小茆覺得越詭異。

那個琥珀眞的全身上下都不對勁。

「小鳥……」

「嗯？」正興致勃勃打量那些小方塊的青鳥猛一回頭，看見小茆露出某種若有所思的表情……奇怪了，他還以爲小茆應該會很高興，因爲說不定這次眞的可以治好阿德，「怎麼了？」

「琥珀眞的很厲害。」小茆看了眼手腕儀器，知道對方肯定還在線上，這類人最討厭的地方就是這裡，和阿德一樣，常常會偷聽她和露娜講話，然後制止她們去揍扁誰誰誰。

「對啊！琥珀眞的很厲害，又是好孩子，當哥哥的我太高興了～」青鳥滿心歡喜。

「……」小茆突然覺得人要溝通眞難。

「在下也認爲琥珀相當厲害，年紀輕輕就有此等能力，眞令在下佩服至極。」聽出了小茆話語的意思，同樣也起了疑心的大白兔和女孩交換了眼，不動聲色地回應著：「假以時日，必定能在某方面獨霸一方。」

「這是當……等等，有東西。」

敏銳地聽見了某種細小到幾乎無法辨識的聲響從外頭長廊傳來，青鳥連忙壓低聲音警示同伴。

「並沒有偵測到有物體靠近……看來他們有反掃描裝置，我先關閉分析室。」

琥珀的聲音一停，開敞的門口立刻像是被縫合般緊閉了起來，變成同樣牆面的材質，而室內也很快地暗了下來。在原本門口的地方，有塊方形區域開始慢慢淡化，像是牆壁變透明般，讓他們可以看見外頭的動靜。

這時，原本明亮的走廊失去了光源，進入漆黑。

黑暗中，青鳥聽見的那種窸窣聲響開始變大了。

青鳥不知該怎樣形容接下來看見的畫面。

毫無光亮的長廊中，出現了紅色微光，從遠處投射過來，拉出細長的影子，看起來像是人，卻又長得有些不對，這影子極度瘦高，已超出普通人的身材。

那像人的物體移動速度極爲緩慢，且不是抬腳行走，是「移動」。對方的兩隻腳並沒有做任何動作，只是緩慢地向前進、朝他們的方向而來；越接近，青鳥越可以聽見那種怪異的聲響，好像有什麼在地上拖拉的感覺。

這個疑惑在幾分鐘後得到解答。

「人」經過他們所在的分析室，通過透明牆壁時，青鳥看見的的確是個瘦長到不可思議的人，就連臉部也被拉長，長度幾乎有普通人類的兩倍。五官同樣也是拉長的，皮膚呈現灰白色，在上面的眼珠被拉成長形，就像豎著眼睛般，在紅光照映下看起來格外詭譎——而紅光竟是出自於「人」的身體。

然後，對方的腳底踩著一團紫黑色物體，從物體上伸出許多觸鬚，奮力地往前爬動著，移動時就發出了青鳥聽見的那種窸窣聲，搖晃的觸鬚不斷觸碰牆壁、地面，像在確認或探查什麼。

包括大白兔和小茆在內，室內的三人動也不敢動一下，就看著那團東西的觸鬚不斷貼在消失的門處吧嗒吧嗒地動著。

數秒後，「人」開始咕噥著自言自語，跟著摸起了分析室的門。

被發現了。

青鳥暗暗嘖了聲，看了小茆一眼。阿德的樣本分析還得花些時間，如果門真的被打開……那他就用全速把那傢伙揍下去，接著引開對方，這樣應該可以爭取更多時間。

青鳥不著聲色地靠近門邊，朝大白兔和小茆比個退後手勢，預備在門開啓的瞬間發動全力。

不過對方似乎也察覺到什麼，「人」和那團東西的動作開始加大，砰砰的推擠拍動聲響迴盪整條長廊。

「你們在找什麼呢？」

不輕不重的聲音從走廊另一端傳來，說的不是初代古語，而是青鳥完全聽得懂的現代語言。

「人」轉過身，面向話語來源，發出一連串唧唧咕咕的聲響。

「那些傢伙亂搞之後，弄出你們這些悲慘的實驗體自己四處亂走嗎……眞是麻煩，不管是以前還是現在，都是不負責任的渾蛋們啊。」

青鳥屏住氣息，看見一名男孩緩緩踏進可見範圍，紅色的光照清了男孩的模樣。他可能只比琥珀大一點點、十七八歲的樣子，穿著打扮很樸素，正常的黑髮黑眼，明明從來沒見過，卻給人一種熟悉感。青鳥正在思考那種怪異感覺時，男孩突然朝他們這邊瞥了一眼，雖然不帶惡意，但卻讓青鳥背脊整個發涼、毛骨悚然起來。

「算了，反正路過，收拾幾個應該不會被抱怨……做這種便宜別人的工作還眞讓人不爽，竟然留這麼多，是不是愛做實驗的都腦殘不收尾。」

男孩邊說著，邊走近突然發出銳利聲音的「人」。

「吵死了。」

站在門邊的青鳥就看著對方往那個「人」的臉部一彈，動作像在玩鬧似地，但下一秒，那個「人」竟然就這樣崩散開來，脆弱得令人吃驚。

那瞬間，青鳥突然想起琥珀的父親，等到自己察覺時，緊捏的拳頭已微微顫抖。

處置掉「人」之後，走廊突然完全暗下，數秒後，再度明亮起來，但這次走廊是整個大亮，完整地將男孩與剩下的那團東西映照出來。

直到現在，青鳥才看清楚那團東西竟然也是個人型，但好像是被揉爛的人類，四肢扭曲地包裹在一層紫黑色的液體之中，從那裡頭長出了無數觸鬚，有些還纏繞著人體，密密麻麻的讓人雞皮疙瘩都不知冒出了多少。

「眞是……」

男孩抬起手，嘆了口氣，整團的紫黑色液體幾乎在同時間消散，露出被包裹在裡面的瘦弱小孩。

旁觀看著，青鳥看得出那名小孩扭曲變形得很厲害，全身骨骼都不對位，液體一散掉，小孩也開始發出垂死掙扎般的喘氣聲，淡橘色的眼睛緊緊盯著對方。

男孩蹲下身，支著下頷看著伸出細小手指的孩子。「感謝？不用客氣了，我知道你們都很想離開這種地方，希望再度甦醒後，你能眞正活一次。」

扭曲的小孩發出微弱的聲音。

「神？哈哈，不要奢望那些東西比較好喔。」男孩握住了小小手指，微笑地回應。

剎那間，小孩就這樣散化在空氣中，連一絲痕跡都沒有留下。

男孩轉過頭，衝著青鳥等人的方向笑了笑，轉身離開走廊。

□

過了很久，所有人才反應過來。

「剛剛那到底……」小茆乾澀地開口，這才注意到自己全身緊繃到發痛。

「看來這地方還有不少人，雖然方才那位對我們沒有惡意，但在下認爲必須盡早離開。」大白兔也被異樣感覺驚愕得不太能平復，深深感到一絲恐怖。基本上，他們從男孩出現之後，有很長一段時間是處於完全無戒備的空白狀態，極度危險，如果對方有心置他們於死地，可能現在所有人都已經遭到毒手。

「實驗體……」

「嗯？小鳥怎麼了？」聽見細微的說話聲，小茆看向門邊的青鳥。

「他說『這麼多』，還有其他的實驗體。」看過剛才扭曲的小孩，青鳥內心震驚到無法相信。原來波塞特以前待過這樣的地方？

「……」

「小茆？」青鳥抬起頭，發現女孩的臉色突然變得很可怕，而且身上隱隱發出不祥的怪異光芒。

「必須殺了他們……該殺光……要去殺掉他們……」

「青鳥，攔住她。」大白兔發現女孩頭髮逐漸染上能力者色澤，立即擺好架式，

「她在激發潛藏能力，會傷害到自己。」

連忙衝上前去擋在小茆面前，青鳥在一記拳頭揮來時險險閃開，「哇啊啊——」沒想到女孩眞的會對自己揮拳，把他嚇個半死，幸好自己是有高速能力的人，不然這拳八成把他腦漿都打出來了。

看小茆竟然連青鳥都打，大白兔直接介入兩人之中，輕輕轉動手部，借力將明顯失去理智的女孩給撞開，「失禮了。」

撞到牆面後，小茆頓了下。

「冷靜、冷靜一點。」青鳥急忙又繞到女孩面前，跳起身抓住對方抬起的拳頭，「妳要去哪裡我都陪妳去，但是……」話還沒說完，一股巨大力量硬是將他甩開；青鳥勉強翻身著地、往後一閃，順便把周圍的小方塊都推開，以免遭到波及。

「看樣子只好先得罪了。」大白兔避開攻擊，矮身從小茆身邊竄過，往對方的腰部借力，翻高身體，在女孩還未反應過來前，按住對方後腦，重重把人朝地板按下。

砰地一響，在旁邊的青鳥瞬時覺得自己的臉跟著痛起來了。

快狠準地把女孩往地面砸昏，大白兔看著對方開始回復髮色，才鬆了口氣。

「大俠……這應該不會破相吧？」好歹也是個漂亮的女孩子，青鳥還真沒想到大白兔竟然會抓人家的臉去撞地，而且還撞這麼大力。

「啊！」大白兔僵了下，這才想起來小茆基本上還是個花樣少女這件事。「這……這個……」

青鳥小心翼翼地靠過去，戳戳沒反應的小茆，看她好像暈過去了，這才敢把人翻過來。上下檢查後幸好除了額頭紅了一點之外，就沒其他傷口，估計能力者真的都比較耐打耐撞。不過將青春少女撸地板這種事情最好還是別傳出去……

「唔……」

就在青鳥和大白兔有點冒冷汗時，小茆以極快的速度清醒了，「……太過分……怎麼可以抓人家的臉去撞地板……」

「妳沒事吧？」青鳥扶著小茆，見她貌似恢復正常了，連忙探問。

「頭好痛喔……小鳥給我愛的親親～」小茆哭喪著臉把額頭湊上去。

「看來是沒事了。」

青鳥眼神有點死，不過看對方真沒打算把頭縮回去，只好硬著頭皮，往那個形狀很

漂亮的額頭上小小親一下，接著立刻轉開頭。

「看在小鳥親親的份上，我就原諒你。」小茆抱著青鳥，微笑地轉向大白兔，「不然我就把你啪嘰！」

那個啪嘰是隨著女孩的拳頭直接捶在地面，大白兔看著照理來說應該不容易被破壞的銀白色地板應聲出現裂痕，覺得自己頭皮也麻了下，然後立即點點頭，充滿誠意地說道：「在下感謝小茆小姐的原諒。」

「不過妳突然發飆也太嚇人，眞的打到怎麼辦。」青鳥拉著女孩站起身，開始抱怨。

「對不起嘛～」小茆抱著青鳥，蹭著對方的頭頂，感受著懷中的溫暖。「剛剛眞的很生氣，氣得想要把實驗室那些人全部殺光……他們連當人都不配。直到現在，還有這麼多人因爲這些垃圾而受苦……」

拍拍女孩收緊的手，青鳥和大白兔對望了一眼。

他覺得，大白兔應該知道他在想什麼。

「我不同意。」

室內瞬間安靜，琥珀的聲音打斷青鳥的思考。

「一開始就說好，你們只是進去分析樣本和拿數據，如果學長你想去那些實驗室，我絕對不同意，也不會給你們後援。」將這些騷動都聽在耳裡，琥珀想也不用想，就能知道蠢矮子想要去找剩餘的實驗體。「那些不是我們的責任。」

「可是，如果有像波塞特那樣還能救出來的人呢？」青鳥連忙說道：「還沒變得那麼恐怖，還有機會可以回去星區生活的其他人啊……」

「然後呢？你以為你能全部拯救嗎？」冰冷地打斷他家學長的話，琥珀冷冷回應：「你認為一定會順利嗎？要讓你們不引起注意進到這裡，已經花了很大的工夫……」

「如果可以救到幾個人也好，不是嗎？」青鳥也打斷琥珀的話，他的聲音跟著高了起來，「像波塞特——」

「上次波塞特兄弟之所以可以逃出，是因為同時有大量的能力者在這片海域上，各種頂端與高階能力者衝破了界線，加上內部人員叛變，他們才可以靠著震盪巧合逃離，你以為你們三個人比得過那些能力者嗎！」

青鳥愣住了，他很少聽琥珀憤怒地對他吼，但是讓他瞬間冷靜下來的，是這些話的

內容。

「……你怎麼知道？」

爲什麼，琥珀會知道得這麼清楚？

沒有回答青鳥的疑惑，所有人的通訊就這樣被切斷了。

「總之，你們快點回來。」

接著出現短暫的寂靜，直到那些分析小方塊發出聲音，他們才發現樣本的初步分析已經出來。

小茆看了看青鳥，還是決定先快步接收那些結果。

分析儀運算出來的物質遠比小茆估計的還要多，大部分都是現在世界沒有的污染物，與先前他們所知的相同，是前代的污染物，其中也摻雜各種危險的放射性物質，這些在現在也全都被列爲高級危險，有些甚至廢棄很久了。

扣除那些危險物質不說，小茆看到幾樣根本未曾出現在星區的標註，應該是只存在於這些實驗室島嶼上，更或者是以前從母星帶過來貯存在此，不知爲何會擴散出去，

「難怪聯盟軍一直做不出眞正的解藥。」

同樣下載了一份的大白兔點算了下那些小方塊上的資訊，「如琥珀所說，這裡面還有殘餘劑量可以製作解藥，但看來存量僅能做出兩、三套，剩餘的必須拿藥方回到星區請人配置。」

「足夠了。」只要有藥方，回去之後不管找亞爾傑那傢伙或是黛安、泰坦，肯定都有辦法可以複製解藥。依照小方塊上的引導，不了解的文字就讓大白兔幫忙翻譯，小茆很快地排定解藥製作生成的程序。

一個段落完成後，小茆一回頭，才發現青鳥站在門邊，沒有過來關心他們這邊的動作，反而沉重著表情。

即使不說，她也知道青鳥肯定在思考剛才琥珀的事。

就和她猜測的一樣，琥珀果然不是簡單的人物。

她相信青鳥，但現在她覺得必須慎防琥珀，這種無法判斷敵友的存在是危險的。

「咦，你們弄好了啊？」青鳥突然察覺到視線，連忙抬起頭，「阿德可以得救嗎？」

「……正要開始製作解藥，還得繼續等，這次要比較久了。」藥方上的製作方式很繁複，小茆讓小方塊估算了時間，起碼還要枯等段時間。

「那就好。」總算有點安心下來，青鳥也很希望快點把解藥送回去。

「小鳥……」正想說點什麼，一個震動打斷了小茆的話。在這種地方應該不會受地震或海域潮流影響，所以這震動相當不對勁，還沒對其他兩人示警，距離他們極近的不明方位，突然傳來爆炸聲響。「該死！」

轟隆隆的聲響接二連三地傳來，走廊上也跟著響起了高危險警鳴，分析室內立即跑出大量資訊，像是要引導內部人員往哪裡避難，跳出了小小的人像圖案，不斷朝同樣的方向奔跑。

「可能是剛剛那位造成的。」大白兔拉出內部訊息，發現許多標示禁區的位置正閃爍著紅光，有的甚至直接變成黑色，大亮著橘光的小亮點不知從哪裡出現，密密麻麻地開始在走道上流竄，「這裡很可能會被攻擊。」

「解藥才剛開始進入合成──」

「噓！」聽見不少東西從遠處往這邊來，青鳥直接制止另外兩人。

沒多久，走廊上突然捲起一陣砂石，不知道是從哪冒出來的，黃沙石礫像是被狂風吹進來般到處噴灑，就連在緊閉的分析室裡都可以聽見那些大小石頭的彈跳碰撞聲。接著，伴隨那些砂石一起被捲進來的，是兩個穿著藍色服裝的中年男性。

青鳥明顯聽見小茆在看見那兩人時，心跳加速的聲音，還有濃濃的殺意傾瀉而出，不過倒沒有剛才那種失去理智的狀況。

藍衣服的兩人看起來相當狼狽，身上有許多大小傷口，顯然遭到各種攻擊。摔進長廊後，他們連忙到處拍打牆壁，「分析室、快進分析室……分析室為什麼鎖死了！快聯絡『頭腦』……嗚呃——」

大量沙土再度捲來，把兩人沖得大老遠。

到此，青鳥等人完全確定這島上的確還有其他人存在，不僅實驗體，留下的東西估計比他們所想的還要多。

接著，踏過沙土，出現在他們面前的是個女孩，大約十二、三歲的模樣，黑色短髮與棕色眼睛，長得很清秀，但臉上有著猙獰憤怒的表情。她揮出手時，沙土再度席捲整條走廊，遮去了分析室提供的視窗，讓裡面的人看不見外頭後續發生的事情。

青鳥還沒想像那兩人會有什麼下場，就聽見極度淒厲的慘叫聲，那種生命即將消逝、用最後一口氣換來的悲鳴，之後變成全然的安靜。

還沒感覺到自己有多驚愕，走廊上方已傳來幾個聲響，接著好像落下什麼大型物體，可以聽見機組發動的聲音，然後攻往女孩離去的方向。

「守衛，它要去捕捉或獵殺逃走的能力者。」也曾遇過相同狀況的小茆很想立刻衝出去，但身後的解藥拉回她的理智，讓她跨不出那步。

「我去看看狀況，大俠你和小茆在這邊，如果有東西要衝進來，我也會引開。」看了眼手腕儀器，青鳥邊想著他家弟弟應該不會那麼凶殘真棄他不顧，也就沒太多顧慮，眼下是那名女孩子比較危險。

「在下……」

「沒關係，眞的不行，我還有一堆震盪系統可以用呢。」朝大白兔比了記拇指，青鳥打開了授權，果然可以啓動分析室的門，一堆黃沙石頭跟著滾進來，掩上他的腳底，

「救到人我馬上回來，你們自己也小心點。」

「小鳥。」小茆側過身，迎上前去，在青鳥額頭上輕輕落下一吻，「小心喔。」

臉一熱，青鳥立刻跳出門外，然後摀住差點掉鼻血的鼻子。

「我、我會的！」

第五話▼▼▼逃離

重新關閉分析室，青鳥才留意到分析室裡的空氣淨化處理得相當好，至少外面混合著血腥與泥土、毒氣的味道都沒有傳進裡面。

現在一出來，就可以體會到目前環境有多惡劣，而且對人體極爲有害。

打開防具隔離這些飛土毒氣，稍微辨認周圍所有聲音，青鳥很快就鎖定女孩和守衛的方向，壓低身體潛行接近。

長廊盡頭接續的是個相當大的空中庭院，種植了不少綠色植物，還有一些類似星區上的庭院建築。一踏進去便可聽見能力者與守衛衝突造成的各種巨響，接著一顆超大石頭往青鳥正面直接飛過來，他反射性地險險閃過，那顆石頭最後砸進後方牆面，砰地再度發出撞擊聲響。

跳上石製亭子，青鳥從高處看見女孩與守衛兩方正在激烈互擊，周邊園景已被掃平不少，全都覆蓋上黃土，庭院簡直快被翻了過來……應該是中階以上的能力者吧。

女孩張開雙手，再度往大型機組投出比她身體還大的岩石，當場打翻最靠近自己的守衛，但機組承重力似乎遠超過隨岩石而來的力道，就這樣抬著石頭重新站起身，物歸原主地朝女孩砸回去。

女孩嘖了聲，往後跳開，順手散化那顆石頭，另一手做出土牆，擋住旁側朝自己衝

來的機組，再讓土牆將機組壓垮。「別想……我絕對不會再回去！希望阿克雷詛咒你們這些渾蛋！」

青鳥抓準時機，瞇起眼，啟動震盪系統，在那些機組還沒偵測到他的存在前搶出，瞬間便將手上的病毒灌入機組，當場停止一具。不過果然沒有那麼順利，先前的舊病毒似乎無法對這裡的守衛造成完全傷害，被震盪的機組只停滯了半晌，便重新開機排除攻擊。

「糟糕，琥珀……琥珀？」青鳥沒有得到回音，愣了愣，但也沒時間讓他思考太多，乾脆豁出去先攻擊其他機組。總之，重新開機和排除病毒也可以爭取到時間。

看見有人出手幫忙，女孩露出鬆口氣的表情，接著連忙在那些機組周圍做出大型土牆，把稍微頓住的機組團團包圍。

「快跑！」青鳥落地後，女孩抓住他的手，馬上竄進其他通道，「我沒見過你，你也是被騙來的實驗體嗎？」

「呃、我是……」入侵者啊！

「我叫庫兒可，兩年前在第三星區被轉賣，商人還騙我是要去做打雜女傭，結果將我賣進這個鬼地方。」女孩簡單地介紹自己，轉過身，甩手弄出土牆堵住通道口。「不知道其他人有沒有跑出來……」

「其他人？」

「怎麼？你被關的地方沒有嗎？」庫兒可有點訝異地上下打量了青鳥半晌，「唔，看來也是有可能，畢竟我們被關的位置不同，我也只知道自己那邊。」

「到底發生什麼事？」被女孩拉著一直往分析室的反方向跑，青鳥現在也不敢驚嚇到對方，只能先把狀況偷偷聯繫給大白兔和琥珀……琥珀還是沒有回應，難道真的不想理他了嗎？

嗚嗚真是太小心眼了……

「不知道，剛剛這裡的主機好像當了，我們發現身上的電子束縛都被解開，所以就打破牢房，逃出來了。」庫兒可聳聳肩，挑起眉，「難道你不是？」

「呃，算是。」青鳥想了想，該不會弄當主機的是剛剛那個男孩子？

「那就快點趁機逃走吧，我受夠這個鬼地方了。」女孩嘖了聲，「這些變態不管是實驗也好，胃口也好，都讓人想吐，還不如以前一次一個呢。」

「胃口？」實驗青鳥是知道，胃口是……？

「怎麼？看你長這樣子，應該也是他們喜歡的那種才對。」庫兒可歪著頭，摸摸青

鳥的臉，又往他的衣服拉一把。

「幹、幹什麼！」現在突然覺得女孩講話方式很流氣，青鳥連忙退兩步，抓好自己的衣服。

「別裝了，你還眞覺得那些人就像他們自己說的是大好人嗎，那些人除了拿我們當老鼠之外，都只想看我們痛苦才好開心，他們自己只能待在這裡，所以當然也不會讓我們好過，眞以爲自己來養尊處優啊。」往前抓住青鳥的衣服，庫兒可正要拉扯時，地面的震動讓她停下動作。「糟，追上來了，都是你害我浪費時間！」

「我才沒有！」不行，這樣下去會離分析室太遠，青鳥思考了下，雖然琥珀沒有回音，但剛才幫他們做好的地圖資訊還在，現在打開來看果然可以看見通道上出現各種代表守衛的紫色光點，也可以找出哪些通道比較沒有阻礙。「跟我來。」

反手抓住女孩，青鳥發動能力，瞬間衝出通道很遠，他們才剛一離開，封閉的土牆就被守衛打破，原本站立之處的上方也掉下更多機組，開始展開四肢行動。

跑了一段後，比起剛剛覺得他家弟弟有點記恨，現在青鳥反倒開始擔心起潛水船那邊是不是也遇到什麼事，琥珀完全不回實在很不像他，平常就算吵架也會用其他方式諷刺反擊……搞不好眞的出了狀況，該不會被攻擊了吧！

一開始有這種想法，思考方向就會變得很恐怖，他腦袋中突然浮現起他家弟弟遭到攻擊、無人幫助的畫面。

青鳥拽著女孩，乾脆全力繞路衝回分析室。

甩開守衛，回到分析室前，門一開，青鳥把已經被拉得七葷八素的小女孩扔進去，急忙開口——

「我回去找琥珀！」

□

「等等。」

在青鳥扔進來一個陌生小女孩，而大白兔瞬間僵化裝死時，小茹直接拉住要回頭往外跑的人，「沒事，琥珀剛剛才和我們聯繫過，他說島上有通訊干擾，所以有些區域無法通聯，不用緊張。」

「咦、這樣嗎？」青鳥愣了愣，呆呆看著小茹。

「是啊，而且我們動作可能要快一點了，琥珀那邊偵測到有人在破壞這座島……就是他們吧。」指向陌生女孩，小茆挑起眉，把青鳥抱過來一點，不讓對方靠太近，「所以這是誰？」

「她叫庫兒可，好像是『地裂』，土系能力吧？」青鳥轉過頭，眨眨眼看著打量四周的小女孩。

「嗯，我是土系，第二類能力者。」疑惑地看著明顯與自己打扮完全不相同、顯得較爲光鮮的小茆，庫兒可愣愣地轉向青鳥，「你們……你們不是實驗體……？」

「其實不是。」青鳥誠懇地回答。

「該死！你們和那些垃圾是一道的！」庫兒可連忙往後跳。

「不，也不是。」青鳥揮揮手，制止女孩就要脫手而出的能力，「我叫青鳥，她是小茆，我們是從第六星區潛進來的。呃……就是剛好有座標，所以想來打探一下這個沒聽過的地方。」

庫兒可狐疑地再看向兩人，視線落在後方地板上的大白兔，「……帶布偶偵查？」

「姊姊是操作能力者，有問題嗎？」小茆環著青鳥，瞇起眼睛，相當警戒地看著女孩，「妳眞的是實驗體嗎？」

「廢話。總之我要離開這裡，就算你們是來偵查的，阻礙我的話，一樣不饒你們。」威脅性地撂了幾句，庫兒可轉過身，開始探查外面的狀況。

青鳥拉著小茆走到角落，小心翼翼地開口：「要不要帶她一起走啊？」

「……」看看貼在牆邊的女孩子，小茆嘖了聲：「她會乖乖合作嗎？雖然說是實驗體，但看起來假假的，也太過活潑。」當時，她和露娜可是……

「誰假假的啊！」耳尖聽見兩人說話，庫兒可用力地直跺腳，「你們這些外來者根本沒見過實驗室的可怕，那裡每天都有一大堆小孩想哭都哭不出來，難道我一定得跟他們一樣陰沉嗎！哼！」

「但是妳沒遇過——」

「遇過啦！那又怎樣。」打斷小茆的話，庫兒可抓抓短髮，一臉不以爲然地瞥瞥小茆和青鳥，「我在被騙進這裡之前，做的也是伺候男人的事，我可是無地之民呢，從小就被賣到黑街，爲了吃口飯什麼都得做。這裡扣掉那些噁心的實驗外，男人跟外面的可沒兩樣……啊，不會一次來好幾個就是，可眞夠變態。你們這些有身分家族的，八成想也沒想過這回事，有家可回的人眞好，看來什麼都沒遇過，還能悠悠哉哉出來探險呢。」

感覺到小茆抓住自己的手努力想克制、但還是釋出不少力氣，青鳥默默在心裡痛了好幾次，硬是忍下來。雖然他還是有點不太懂小女孩的意思，不過聽起來好像不是好事，「妳幾歲？」

「十三歲。」庫兒可歪著頭，皺起眉，「怎麼，你還沒吃過嗎？」

「吃過？」青鳥一臉空白。吃過飯嗎？

「夠了，先別再說這些。」忍無可忍地打斷話題，小茆甩過頭，拉著青鳥走向小方塊，「別說了……」

庫兒可聳聳肩，「大小姐就是大小姐。」

不再搭理小女孩的銳利言語，小茆抱著青鳥，默默察看分析儀的進度。

有點自討沒趣，但剛才好像聽這些人提到「一起走」，庫兒可打量了兩人，估計小的那個應該是那種爛好人的小男生，也就理所當然地留下來。反正他們有辦法進來，肯定也有出去的方法，先跟著這些外來者也好，真遇到危險就將他們推出去爭取時間。

對於自己的能力，庫兒可還是有點把握。

「妳不應該隨便假設別人什麼都沒遇過。」

正打算去拉青鳥來講個清楚時，庫兒可聽見從布偶那邊傳來的聲音，這讓她稍微嚇了一跳，以爲是小茆在整她，不過看見布偶手上的儀器在發亮，想想很可能是他們其他的人在通訊，剛剛不是說有個叫琥珀的嗎。

「干你屁事。」庫兒可走向布偶，蹲在白色的娃娃前，本來想拍一拍，但看看自己的手有點髒，就把手放進衣服口袋了。「你們看起來就像哪家的大小姐和大少爺，穿著打扮很好，看起來也沒被餓過，甚至還有能力可以千里迢迢從第六星區跑到這裡冒險啊。我的確是很羨慕，但也很討厭你們這種傢伙。」就是這份無憂無慮、不懂世事讓人嫌惡，他們困在這種地方時，這些人吃好穿好的，還有閒錢、閒時間玩耍。

「那妳可以因此確定他們兩位這輩子從來沒遇過任何壞事嗎？又或者，這些是他們好不容易才得來的呢？」大白兔緩緩坐起身，紅色的眼睛倒映著女孩的影子，「年紀小小的女娃娃，這麼針對他人，對妳也沒好處。」

「唔……你這傢伙也是有點道理……好吧，假設他們之前也很苦，一個賣身一個賣屁股，但現在他們過得很好啊，我還是討厭他們。」庫兒可聳聳肩，回答對方：「我還不知道要努力多久呢，所以看見這些悠哉的傢伙就討厭。」

「妳會有自己的未來。」大白兔站起身，拍拍女孩，「但要從態度做起。青鳥。」

「大俠怎麼了？」安撫過小茆，青鳥一聽見自己的名字便跑了過來。

「琥珀傳新的訊息來了。」大白兔打開自己的儀器，有點奇怪地看著青鳥的手腕，不知道爲什麼對方竟然沒收到。

「咦？眞的耶，爲什麼我沒有～」青鳥一秒哀傷，他家弟弟竟然沒把訊息發給他。

「他幫我們規劃出路線，排除守衛進入，等等要從新路線撤退……怎麼了？」注意到身邊的視線，大白兔轉向小女孩，對方一臉驚嚇，還用手指著他。

「活、活的……？」操作系不可能把布偶弄得這麼活靈活現，而且剛剛也證明它不是「琥珀」，庫兒可連連向後退好幾步。

「嗯，活的。」大白兔點點頭。

庫兒可放下手，轉過身，接著尖叫。

「鬼啊————！」

□

青鳥瞬間摀住小女孩的嘴巴。

小歸小，聲音還眞是洪亮到他瞬間耳朵痛了下。

「沒想到這種年代還有人相信鬼啊，虧妳還是個能力者。」小茆的冷笑從後頭傳來，終止了庫兒可的掙扎和後續尖叫。

「廢話！都有阿克雷和光神了，怎麼可能沒有鬼啊！」連忙從青鳥手裡掙扎出來，庫兒可驚恐地看著那隻開始走來走去的兔子，「這什麼鬼東西啊！」

「咦？妳沒聽過第七星區的兔俠？」這次青鳥真的意外了。

「什麼鬼？聽都沒聽過，找飯吃都來不及了呢。」庫兒可躲到青鳥後面，看兔子要往自己走過來，縮了下，拉著青鳥一起退。

「小鳥是我的！」力大無窮劈手把人奪回，小茆抱住青鳥，不讓新來的碰。

「……說在下有『調魂』能力妳可能比較能接受？」大白兔拉拉耳朵，只好如此介紹自己。

「第三類的？」庫兒可見布偶點點頭，這才緩過來，「嚇死我了，渾蛋！」

「……」被罵渾蛋的大白兔不知該怎麼幫自己辯解，只能默默讓她渾蛋了。

就在庫兒可製造的騷動停止後，青鳥手上的儀器亮了下，傳來聲音——「所以這隻野貓是新乘客嗎？」

「誰野貓！我叫庫兒可！」庫兒可聽見話語，立刻抓住青鳥的手大罵：「你該不會

就是那啥琥珀的吧，怎麼有這麼不討喜的軟趴趴聲音，你才野貓！你全身上下都是臭貓！」

直接把庫兒可抓到旁邊放著，小茆回應琥珀的問句：「看來是會多一個人，這裡可能還有更多研究體……」

「來不及了。」打斷小茆的話，琥珀停頓了幾秒，才繼續說道：「我偵測到分區已經開始被破壞攻擊，可能很快就會變紅色警戒，裡面應該有高階或頂端能力者，你們上層有些區域已經被毀了。」

小茆轉開了樓層情報，果然看見大量樓層正快速變成紅色，有的直接成爲廢棄區，看來那些逃出的實驗體破壞力比他們想像的還要大。

又或者就是那個奇怪的男孩子在破壞？

「拿到東西，拎著那隻野貓快點撤退，我沒有餘力再應付其他狀況……要保護你們那區到現在還不受干擾，很不容易。」

「琥珀，你怎麼了？」總覺得他家弟弟聲音怪怪的，而且好像還很疲累，青鳥立刻擔心起來。

沒回答，通訊立刻被切斷。

「……」該不會回家要跪主機板吧，青鳥更擔心了。

琥珀切斷通訊後，分析室與外頭的通道幾乎立即響起新一波警笛聲，而且眞如琥珀所說，出現了紅色警戒，室內拉出各種危險標誌，開始啓動半強迫疏散系統。

「還差一點！」看著分析儀上的進度，小茆喊道：「還有三分鐘！」

唰地聲，分析室的門整個被打開。

打開那瞬間，不只青鳥，連庫兒可都愣了下，外面通道的黃沙和石礫全都不見了，連毒氣也沒有，估計是在他們剛才談話期間被清除的。

但最危險的並不是那些東西，而是站在走廊上的守衛。

看來似乎要強制移走室內未撤退人類的守衛，在掃描到庫兒可的瞬間，轉出危險的色光。

「躲開！」青鳥跳起身，翻身竄進守衛後方，直接往機組身上灌一記病毒，同時看見儀器上顯示下載完成的訊息——他家弟弟已經把新的震盪程式傳來了。

果然這次機組只動彈幾下，接著就完全失去動力，直接報廢在門口。

不過這一點也沒讓他們高興，因爲守衛倒地後，上面的銀白色天花板打開來，掉下更多機組守衛，每架都是危險光。

和大白兔交換一眼，青鳥立即發動速度，靈巧地鑽進機組死角，拚命將擁上來的守衛機一架架震盪下去；而大白兔則處理那些沒當掉、開始闖進分析室的其餘機組。

看這些人竟然三兩下就把讓自己頭大的守衛擺平，庫兒可整個人張大嘴巴、不敢置信。回過神後，立刻拉出沙土，團團捲住一架硬要衝撞進來的機械，把對方用力扔出外頭。正要跳出去幫忙時，一股力量突然抓住她的後領，將她向後拖開。

「小鳥！兔子！回來了！」

小茆抓住了製作完成的分析儀，把方塊往背包裡塞，然後確認了琥珀給的新路徑與他們的所在位置。「走捷徑！」

「捷徑？」雖然搞不懂，不過青鳥震掉手邊的守衛機組後，急速衝回分析室，順便把路邊的大白兔一起挾回去。

「嗯，捷徑。」確定新通道就在他們正下方，小茆也不知道琥珀是不是故意的，總之她把手上的小女孩扔給大白兔，然後吸了口氣、握緊拳頭，凝聚起最大力量，「各自小心了。」

瞬間知道小茆打什麼主意，青鳥都還沒做點什麼，轟然雷般巨響，那看來極爲堅固的地面吃了記重拳，就這樣硬生生裂出悲劇的破碎痕跡，接著他們腳下一鬆，分析室的

地板就這樣被打穿了。

落下前，青鳥只看到分析室的天花板被打開，出現了更多守衛機組，接著就和地板一起下墜到深處了。

□

「痛死了，暴力女。」

摔在一堆碎片中，庫兒可把自己拔出來。

「沒禮貌。」往小女孩頭上甩一巴掌過去，小茆把青鳥從地板碎片裡抱出來。雖說是地板，但這種特殊材質竟沒什麼重量，拿起碎片一看，裡面還有許多系統小光點正在運作，與現在星區使用的材料差異很大，果然是從母星帶來的。母星有許多材質在現在的星球上無法做出，缺乏當時母星的工法與添加，即使要仿製，也很難仿到完全相同。

也就是說，這座分區島嶼內部有大量母星的物資。

「追來了！」沒讓小茆思考太久，從碎片裡跳出的大白兔看著上方的守衛，「快走吧。」

衝出新的走道，他們才確切了解琥珀所謂很不容易的意思。

與剛才進來時的寂靜不同，外部不知遭到了什麼攻擊，竟然大半被融開，還可看見被融到變成岩漿般的物體正冒出溫度極高的熱煙與莉絲毒物。

「高階炎獄，快離開這地方。」小茆打開了防具，拔下備用的安置在庫兒可身上，然後拉著還想跑去找其他實驗體的小女孩往琥珀規劃的路徑逃。

像是要印證小茆的猜測，就在他們跑出通道來到大廳時，一股強烈的火焰席捲了他們踏出的走廊，順帶吞噬後方追上的全部守衛；大火過後，高溫留下的全都是融解到無法辨識的液體狀殘餘。

莉絲毒霧很快布滿所有空間。

「你們有這麼強的火系能力者？」見苗頭不對，青鳥邊發動高速拖著所有人奔跑，邊問庫兒可。

「沒、沒有啊，我不知道有火系的……」

「先別說這個。」小茆打斷交談，看女孩的模樣也很驚愕，大致知道對方沒說謊。

庫兒可揮出手，連忙在身後拉出更多土牆，希望隔離凶猛擴張的莉絲，但那些土牆同樣被烈火吞噬，就像在催促他們快點離開般，始終保持著一段距離。

「那位炎獄知道我們的存在。」大白兔判斷情勢，很確定操用火焰的人眞的在驅逐他們，所以才會採用這種方法逼迫他們快離開。

「嗯。」小茆點點頭，表示同意。

看著身後逐漸崩塌的區域，庫兒可也曉得不可能再回去找其他的實驗體了，只好咬牙抓緊青鳥，讓這些人把自己帶出。

回到最下層時，底部至海水間的空間也出現了層厚厚毒霧。

還在考慮要不要直接強行突破，一股風颳了過來，直接捲開那些毒氣，幫他們撥開道路。

「走吧。」

並沒有看見其他人，小茆直接開啓水中儀器，抓住庫兒可就跳入水中，讓儀器自動將他們帶回船上。

脫離分區時，海中已陸續可見被拆解破壞的物體往下沉落，於是一行人更加快速度往潛水船的方向回去。

「原來不會淹死。」庫兒可緊緊抓住小茆，死盯著水中儀器的光芒，確定能順利呼吸後才鬆口氣。

「妳不知道水中儀器就是不讓人淹死的嗎？」小茆勾起唇。

「我不知道有這種東西，沒見過，以前被養在房間裡、有時候是籠子裡，從來沒出去過，只有隨身儀器可以看點影片，還有嬤嬤用那個來聯絡。」庫兒可看著服貼一層氣流的手腕，覺得很新鮮。「來實驗室裡，那些變態老說外面都是海，自己出去會淹死，我本來打算到最上面的島，搶船隻逃走。」

「……妳以後就會知道的。剛開始睜開眼睛，我也什麼都不知道，直到阿德把我們帶出來，我才懂。所以，不管水中儀器或隨身儀器，妳未來都會懂得。」

聽出了小茆語氣有點不太一樣，庫兒可眨眨眼，「妳該不會也……」

「噓，別提了。我不想讓小鳥知道發生過的事，好嗎。」摸摸小女孩的頭，小茆看了眼前方的青鳥。

「唔……」

沒多久，他們回到了潛水船。

通過小房間，再次呈現在面前的依舊是廣闊的操作室。

「解藥順利嗎？」站在圓形區域旁邊等待的琥珀點算了人數，確定連人帶兔都沒少，然後瞥了眼新來的小女孩，冷哼。

本來還有點被男色迷惑的庫兒可一聽到那聲哼，立刻朝對方哼回去。

「到手了，雖然才兩組。」小茆打開背包拿出小方塊，將分析儀打開給對方看，裡面躺著兩管藥劑，帶著寶石般的綠色光澤。

「嗯，那就好，等上岸後就近找個地方給蕾娜發過去。」下載了配方與分析結果，琥珀啓動船隻，計算新路線。

「上岸？」青鳥歪著頭，「不是直接回第六星區嗎？」

「之前就說過這是移動島嶼，意思就是指在你們進入這幾個小時中，島嶼已經不在原來的區域，現在我們的位置恐怕比較接近第四星區與第五星區。」原本來到這邊就花了很多時間，現在被島嶼拉扯著繼續前進後，琥珀把結論告訴其他人。

「雖然很想說原來是這樣，但我比較疑惑那個……怎麼多一個？」在琥珀身後的圓形區閃爍下後，青鳥等人看見出現另一名與領航員完全不同的黑髮女性。

「這是分區島的核心程式，我把她隔離出來。」既然他家學長都開口問了，琥珀順便幫大家介紹一下。

「……」所有人集體愣住。

「主機？」大白兔勉強拉回自己的聲音。

「運作主機的核心程式。」琥珀修改一下稱呼。

「就是那座島現在主機沒在運作的意思？」

「是啊。」

大白兔決定不要再問下去了，直覺有點恐怖，難怪他們會這麼一路順暢。

「既然您的事務都已完成，請問接下來想怎麼做？」慵懶地揉揉眼睛，黑髮女性開口詢問。

「解除妳的任務吧，看樣子這座分區很快就會銷毀，妳也可以從這麼久被利用的時間裡真正關機了。」琥珀看著對方，說道：「妳們的任務早在數百年前就該結束，就到今日爲止吧。」

「那麼就太好了，謝謝您。」環顧了所有人，女性露出淡淡美麗的微笑，自腳部開始緩慢碎成光點，然後消失在空氣中，「也祝您一路平安。」

「再見。」

第六話▼▼▼海面上的突擊

「那個死掉了嗎？」

庫兒可眨著眼睛，拉拉青鳥的手，問道。

「如果要用人類的意思解釋，就是死掉了。」領航員重新出現後，琥珀轉過身，看了眼小女孩，「核心有自我銷毀分解程式，現在她消失了，那座島很快也會跟著消失，這樣波塞特的願望應該算達成一半了吧。」

「你究竟是……」小茆有點瞠目結舌，不敢置信竟可以這麼輕易瓦解他們的惡夢。

「智慧主機長久以來一直看著，她們被設計出來並不是爲了做這些事，原本只是爲了確保人類的倖存，現在被拿來做壞事，她們也很痛苦。自我銷毀對她們來說並不是壞事，島上所有資料庫也會全數毀滅，『那些人』的數據也會消失，包括野貓在內的實驗資料同樣會歸於無，所以應該不會再被追捕。」讓領航員重新繪出航行軌道，琥珀淡淡開口：「這是她說的，不要再問我其他事情了。」

「所以，波塞特兄弟逃出的那件事情，也是主機說的嗎？」小茆瞇起眼眸，並不打算讓對方混過去。

「……」

看他家弟弟神色不對，青鳥連忙卡入氣氛有點緊張的兩人之間陪笑臉，「晚點再問吧，大家都很累了，還有庫兒可應該也餓了，先休息，休息完再說吧。」

「我沒……」正要反駁自己沒肚子餓，但鬆懈下來後，庫兒可發現自己還眞的肚子餓了，於是把話吞回去。「我餓了，給飯吃嗎？」

小茆眞想揍小孩。

「領航員幫你們準備好了，還有，那些還保持正常的實驗體已經受到幫助逃脫到島上，附近會有人救走他們，就這樣。」琥珀把話丟下後，直接轉身無視所有人，逕自走去後面的小房間，還順便上鎖不讓人進去。

知道現在不是逼問的好時機，小茆與大白兔交換了眼神，只好暫時先放少年一馬。

「現在可以吃飯了嗎？」才不管這些人之間波濤洶湧的氣氛，庫兒可現在只關心自己的肚皮，便扯著青鳥討飯了。

「呃，可以。」請領航員幫忙布置食物，接著青鳥才驚覺這艘船還眞不是蓋的，領航員直接端出了十幾道華麗麗的海產大餐，竟然還有鮮魚湯，看得他和小女孩眼睛都直了。

「琥珀先生幫我更新了近代食譜，我想烹調口味應該能夠被幾位接受。」

「接受！完全接受！」直接撲上去狂咬比自己頭還要大的烤魚，庫兒可口水都流出來了，「在實驗室裡根本沒這麼好吃的！」

看女孩吃得這麼高興，小茆和青鳥只少少吃了一點，剩下都讓給好像餓很久的庫兒可。

直接在一旁打坐的大白兔等到小茆兩人放下筷子後才開口：「琥珀設定的停靠點看來是第四星區，潛水船的速度比在海面上航行還快，應該明日就能到達。」

「真不是我要說，這艘船是不是比芙西的速度還要快很多啊。」之前那趟就有這種感覺了，青鳥看過航程距離與時間，覺得這艘潛水船的航行速度幾乎是芙西的兩倍。

「畢竟是舊世代產物，不必考慮莉絲因素，也有相應科技、工廠可製造，所以比現在有各種限制的機械好很多。」小茆說著：「等等……難道那些強盜是因爲搭了潛水船才這麼快回到第七星區？」

「這也相當有可能。」大白兔點點頭，當時強盜在不搭乘芙西的狀況下極快返回，他們也不是沒有疑惑過這點，「顯然有些人對這些物品的了解比我們還多，既然有飛行器，那麼有潛水船似乎也不令人意外。」

接著小茆沉默了，開始思考起該怎麼利用這艘船用最快的速度從第四星區返航，她想盡快把解藥交給阿德，讓阿德和露娜可以早日從害怕、痛苦裡解脫。

然後，有人拍拍她的手。

「放心，阿德一定會得救的。」看著女孩，青鳥露出微笑。

「嗯。」用力抱住青鳥，小茆呼了口氣，「一定，一定。」

這樣，阿德和露娜一定從此之後，可以過著幸福快樂的生活。

□

睜開眼睛，看見的是銀白色的天花板。

琥珀有幾秒的時間毫無意識，很茫然地看著上方。

「眞危險啊，怎麼會用那種強硬手段控制分島呢。」

聽見聲音，轉過頭，看見的是個年紀比自己稍微大一點的男孩，現在正悠閒地拿著杯子啜飲茶水。「等到我們來就好了，不是嗎。你用這種方式，對身體負擔太大。」

「你來太晚。」琥珀閉上眼睛，淡淡地開口：「會來不及製作解藥。」

「我還能怎麼辦，蒼龍谷一票老人也描述不清舊事，拉著我說東說西浪費一堆時間，從那邊跑來這邊遠得要死，來得及時算不錯了，也不想想你通報的時間多短……眞是。」男孩聳聳肩，無所謂地支著下頷，「所以就你這小不點想要承擔這堆破事？」

「……完全不想，可以找始作俑者算帳嗎，幕後黑手那麼多隻，算來算去也輪不到我才對。」琥珀絕對不當那種替死鬼，把世界搞成這樣的人又不是他，「我只要確保我學長和他身邊所有人都沒事，其他的就與我們無關。會引出你，我也很意外，但是就這樣……我想要的不多，僅僅就只有這樣。」

「那你自己怎麼辦？」

「我……」

一陣小心翼翼的敲門聲打斷琥珀的話語，睜開眼睛時，男孩已經消失了，彷彿沒存在過一樣，連絲氣息都沒有留下。

冰冷的空氣填滿了室內。

「……開門。」琥珀坐起身，淡淡說道，被鎖死的門應聲而開，出現笨蛋矮子的臉。

「果然醒了，就想說好像有聽到聲音。」露出大大的微笑，睡了一覺後精神回復充沛的青鳥鑽進小房間裡，「你臉色還真差，怎麼會這樣？該不會生病吧？」他家弟弟臉色真的慘白慘白的，好像比睡前更不好。

「看到你們我就整個人都不好。」琥珀冷著張臉。

「啊哈哈……」青鳥直接碰了記大釘子，只好厚臉皮地假裝沒聽見。摸摸琥珀的額頭，沒有發燒，只是體溫偏低，手腳好像也有點冰冷。「好像快到第四星區的海域了，我請領航員幫你煮些魚湯，還有你喜歡的蝦子，一路過來抓到超多深海大蝦，雖然沒啥調味料，但是包準好吃。」誓死捍衛那堆蝦子不讓庫兒可吃掉，青鳥就是等著他家弟弟醒來吃飯。

「我要吃蝦子。」聽見有好吃的，琥珀也打起精神，讓青鳥拉著自己走出小房間。

控制室裡，大白兔依舊盤腿打坐，小茆正在監看航行資訊，庫兒可躺在另一端角落打呼，身邊還有一大盤沒吃完的烤魚。

抬眼看了下琥珀，小茆與大白兔各自打過招呼，便繼續專心自己的事。

拉著琥珀坐到一邊，青鳥高高興興地端出大盤大盤的蝦料理。雖說是料理，不過大部分都是簡易的清蒸、鹽烤方式，船上本來就沒囤積什麼食物，大多都是現取現用，水和鹽也都是直接抽海水分離製作的。深海中不能要求太多，幸好蝦子這種東西只要夠新鮮，單純鹽烤就很美味了。

海鮮上桌後，琥珀也懶得多講什麼，馬上開始埋頭啃蝦子補充精神體力。

看他弟弟吃起東西還有一股精神與狠勁，青鳥稍微放心，於是跟著剝起領航員另外準備的大螃蟹一起吃。

吃到差不多告一段落，旁邊的小茆才走過來。

「你們打算怎麼進入第四星區？」用非法方式進入，連結上當地聯盟軍系統後，一定會被查驗是否可以進入。不過像小茆或大白兔這類處刑者當然有自己的一套方法，萬用的偽造身分程式都已經準備好隨時待命了。

「跟你們一樣的方法。」琥珀覺得對方問這個問題有點像在問廢話。

「……也是。」小茆聳聳肩，「庫兒可呢？」

「等等我幫她弄一個身分，希望她不要給我們惹麻煩。」看了眼那隻睡在魚裡的野貓，琥珀比較關心後續該怎麼處理那傢伙。

「如果能順利回到第六星區，我想把她安排在黛安那裡。」已經考慮過這個問題，小茆抱在青鳥後面，笑笑地開口：「還是你要帶回去養？」

「不用客氣，您請自便。」琥珀直接白了對方一眼。

見對方發自內心拒絕的模樣覺得有點好笑，正打算再接再厲惹人玩玩時，領航員的聲音打斷小茆難得的玩興。

「海面上有些動靜，可能會影響到我們的路徑，要重新設定路線嗎？」再次出現在圓形光區的領航員拉出海上即時影像。顯示在眾人面前的影像中有幾條船，其中有兩條以規格看來應該是商船，上面也掛了所屬商隊的旗幟；另外約四、五條較小的裝甲船隻包圍著它們，顯然是正在打劫的海盜群。

「會影響到我們嗎？」他們可是下潛在極深的深度中，琥珀不認爲會這麼簡單被波及。

「雙方船隻上各有水系能力者，影響機率小於5％，但仍有風險。」

「那……」

「等等，放大看一下那兩艘船！」

正要下判斷的琥珀還沒說完第一句話，立刻被旁邊的傢伙打斷。直覺商船旗幟很眼熟的青鳥仔細辨識著圖騰，「這是第四星區棕之家的商船。」

「上次砍你那家，那就不用管了，繞道。」無時無刻懷抱記恨之心的琥珀直接要領航員重畫路徑。

「等等、等等啦！」連忙抓住他家弟弟的手，青鳥讓領航員先停下動作，「身爲正義的一方，路見不平還是要拔刀相助啊。」

「不不，學長你搞錯了，聯盟軍才算是正義的一方喔。」聽說他們算是通緝犯，被正義追著跑那種。

「唉呦他們又不是遇到聯盟軍，是海盜耶！面對海盜，只要懷有正義之心就是正義的一方！」青鳥連忙轉頭尋求支援，「對吧大俠！」

「呃……在下也是這樣認爲的。」大白兔點點頭。

「那麼爲了不讓這艘船曝光，只好把兩位放水流，珍重再見。」眞的不想管這些好事的傢伙了，琥珀決定把他們丟出去，管他會不會內臟噴出來，讓他們自己去正義到極點。

大白兔抓住耳朵，往後退兩步。

「琥珀~你怎麼忍心下手~~」青鳥一臉打擊。

「忍心。」直接很確定自己不會退讓，琥珀瞇起眼睛看裝模作樣的矮子。

「先稍微等等吧，這些船有點不太對勁。」

打斷了正在上演的人間悲劇，小茆讓所有人注意力轉回畫面。

包圍著兩艘商船的海盜船一共五艘，上面全張開著同樣的圖騰旗幟，不過卻是其他人聽也沒聽過的海盜黨。

「好像在和商船交談。」留意到海盜船第一時間竟不是搶劫，而是和船長模樣的人在說些什麼，但兩方人馬同樣警戒，劍拔弩張的氣氛看起來並非友好關係。小茆原本想讀唇看看兩方人馬在搞什麼，這才發現他們使用的語言自己看不懂。

「海盜船叫商船投降免於一死。」琥珀盯著半晌，轉向大白兔，「對吧。」

「嗯，是的，海盜似乎不想引起什麼注意的樣子，讓他們現在棄械投降，否則就要大開殺戒。」同意對方的說法，大白兔抬起頭，看見小茆正盯著他們，「他們使用的是海上黑話，另一套非官方語言，在下與黑梭研究過一段時間。」因爲第七星區的海盜特多，要對付海盜，就必須先了解對方，特別是最重要的溝通語言。

其實比較想問琥珀爲何看得懂，小茆想想還是先壓下。「有辦法在不讓船曝光的情況下幫助他們嗎？」

「有啊，發射武器擊沉海盜船，然後我們加速逃逸。」琥珀是說眞的，他還滿想看那些海盜船一起下沉的精彩畫面。

「……」小茆決定忽略這答案。

「打人嗎？我可以幫忙。」差不多清醒的庫兒可迷迷糊糊只聽見海盜什麼的，於是整個人跳起來，「殺光他們！」

琥珀瞇起眼睛，看著撿來的小孩，想想，開口發問：「野貓，妳能夠把最靠近我們的漂浮島嶼再拉過來一點嗎？」指著地圖上差不多有些距離的一座漂浮小島。體積並不大，上面還插著樹，如果是能力者應該可以移動。

「我叫庫兒可！」生氣地喊回去，不過庫兒可還是認眞地打量了小島，有土有地，就可以回應她的能力。「可以，這個簡單，不過要點時間。」

「那好，妳把島拉近，短時間內他們應該還不會有太大的危險，可以先幫學長上妝。」琥珀評估了狀況，朝幾個人勾勾手指，「學長你應該也不想這時候被認識的人看出來吧。」

本來想反抗的青鳥一聽見這段話，只好老實地點頭。他的確不想在這時候被認出來，對他或「那個人」都不好，畢竟原本他是不能隨意進出第四星區的，一定要先通報才行。

「我也要～」可以變得美美的，小茄也湊過去排隊。

的確，要改變身分就得全員換裝，琥珀打開背包。原本只打算上分區，所以這次帶出門的用具明顯不足，只帶了比較簡便的服裝一套，化妝用品也都是備份，「唔……希望瞞得過去。」上岸後得採購了。

看小孩們變起裝，大白兔直接從脖子後面抽出雞皮，把自己套進去。

庫兒可閉起眼睛努力把最近的小島拉過來，花了一番工夫後，好不容易感覺到島越來越接近頂上海域，跳起來正打算邀功時，直接被重新換裝後的一群人給嚇到，然後，下意識抹抹自己的嘴巴。

原本已經夠漂亮的小茆此刻變得好像更美了些，而且還超級有氣質，舉手投足間好像都有點那啥的吸引人的目光，讓人捨不得離開視線；另一邊的青鳥就更驚悚了，已經完全不見小男生的模樣，整個變性變到超不對勁！如果不是知道他們變裝，庫兒可大概會眞的以爲這是前後不同的兩批人。

——爲啥青鳥那種男孩子都可以變得白皙亮麗還又軟又嫩，那精緻的小臉好像一掐就可以噗滋出水的樣子啊啊啊啊！

「好棒喔，琥珀手藝眞好。」映照著被改變過的模樣……其實沒有改變很多，但小茆就是覺得臉有些不同，髮色也染成和青鳥成對的褐色，連她自己都不自覺多看幾眼，

「有宴會眞該找你。」

「想都別想。」幫他學長綁好兩根髮辮後，琥珀往對方腦後一拍，讓他自己拿著洋裝去角落換衣服。一回頭想整理自己時，就看見庫兒可抓住自己的衣袖，眼睛眨巴眨巴

地閃閃發光，露出很渴望的表情。「妳不用變裝，妳只差一個身分。」這小鬼完全沒有曝光的疑慮，根本只要個假身分而已。

「是人都想變美啊。」看著美美的小茄和超美的青鳥，庫兒可當然也會羨慕，她也好想變得像那樣又白又有氣質，還讓人一直想看著，「快，幫我弄。」

「沒必要，懶。」多一個人就多一個麻煩，琥珀才懶得給自己找麻煩。

「你、你……不幫我弄我就揍扁你！」庫兒可轉出沙土，威脅。

「請便，我完全不介意，你們有問題就自己解決。」琥珀完全不怕被怎樣，他非常確信這幾個笨蛋很需要他的腦袋，被怎樣了困擾的反而是這群人。

庫兒可咬牙，收回土，走來走去轉了幾圈，就是想不出來該怎樣脅迫對方答應。

「海盜船開始攻擊了。」監視海面的大雞傳來聲音：「奇怪……爲何名不見經傳的小海盜有這種實力？」一般無名海盜應該不至於奈何得了正規商隊，尤其還是家族所屬船隻——雖然可能會有受損，但不可能像眼前這樣一面倒地被壓著打。

畢竟家族商船也不是吃素的，船上肯定有訓練精良的護衛隊與武器，大部分小海盜都不會笨到去襲擊這類商船，而是挑揀其他比較弱小的。

「底子不單純。」抱著換好洋裝的青鳥，小茄跟著打量這些海盜的身手。的確，海盜的層次不對，有這種強大攻擊火力的，不應該沒聽過名號，即使是在第四星區海域，肯定也會發報一份資料通知全星區——畢竟海盜無國界，會到處流竄，所以只要一確認有高度危險性，便會廣發星球通緝。

「很快就知道了。」雖然眼睛顏色效果還沒退，爲了預防接下來的狀況，琥珀還是先追加吃一片增強藥力，然後整理染成金色的頭髮。「假身分我已經都發給你們了，待會兒只要被詢問，就說我們也遭到海盜攻擊，船隻沉沒，所以停留在那座孤島上等待救援，正好遠處看見商隊被攻擊，才去幫忙的，懂嗎？」

小茆和青鳥一同點頭。

這時，庫兒可終於想到該怎麼反擊了，於是露出邪惡的微笑，抓住琥珀的袖子，「你要不幫我弄漂亮，我就說你們是偷渡的。」

琥珀直接朝臭小孩的頭頂搥下去，當場愉快地看著庫兒可抱頭打滾。

「你怎麼可以這樣打女孩子——」可惡！還眞的很痛！庫兒可含淚指責只有外表好看、內心一片烏黑的傢伙。

「我只有淑女不打，前提是，對方是淑女，而不是野貓。」竟然敢威脅他，眞是活膩了。琥珀站起身，居高臨下地看著第二隻沒禮貌的矮子，「如果想讓我幫忙，就先學

會怎麼當一個普通的小女孩。」

「……」還眞不知道該怎麼當個小女孩，庫兒可抱頭想了想，以前勾引男人那幾招八成不管用，只好求救地看著大雞。

「妳只要老實地『請』琥珀幫忙，然後『謝謝』他。」大雞只好回應女孩的可憐眼神。

庫兒可轉回頭，有點扭捏地抓抓臉，放軟語氣，「請你幫我化妝吧，我也很想和小茆、青鳥他們一樣漂漂亮亮的，拜託了，謝謝。」

橫瞪了多給他工作的大雞，琥珀沒好氣地拎過女孩坐著，仔細幫對方也變裝。眞麻煩，這樣連身分都要更新了……要知道以後要用這身分又得重新弄出一樣的臉，眞的給他沒事找事做。

終於得到變裝機會的庫兒可樂得很，喜孜孜地讓對方輕巧在臉上抹來抹去，完全不抵抗。

看著終於折騰完的小孩們，大雞這才鬆口氣。

□

潛水船隱匿行蹤放下人離去後，棕之家的商船正好被海盜打了個七零八落。

計算好距離，庫兒可一拍小島土地，聚集大量的沙土拉起弧形橋梁，直接搭架上其中一艘商船；等土凝結一成形後，青鳥和大雞立刻用最快的速度搶出，直接衝向需要幫助的那方。

「……他們在這方面還挺合的。」看著遠去的矮子和大雞背影，琥珀隨地坐下，「這次換我當操作型能力者吧。」

小茆微笑了下，追上其他人的腳步。

直到海盜船那邊打起來，琥珀才挑起眉看著留在原地的庫兒可，「不想湊熱鬧？」

「不了，這衣服很好，不想弄髒。」珍惜地摸著身上衣物，庫兒可搖搖頭。

洋裝被他家學長穿上了，所以庫兒可身上的是青鳥替換下來的衣物。稍微修改過，搭著女孩的妝容，讓她看起來像個好人家的好動女孩兒。

實際上琥珀也沒特別用心爲對方變裝，畢竟她不像其他人一樣得改頭換面，只幫她整理過那頭亂髮，拉長髮絲綁了小髮辮，接著修補一些臉上、身上的細小疤痕，讓她膚質精緻點後看來就與原先的小野貓模樣差異不少。

「……上岸後有商店街再去買新的吧。」畢竟還是小孩子，琥珀嘆了口氣，覺得又一個麻煩。

庫兒可露出大大的笑容，「你人其實也滿好的嘛。」之前還說他心很黑，其實不是這麼回事。

看來糖果與鞭子對這類型的小孩都還滿有效的啊……琥珀看向開始爆出怒罵聲的海盜船方向。

使著高速，青鳥從沙土橋梁用力竄進大量海盜之中，在海盜還來不及反應過來的剎那，順勢抽出對方攜帶的低能源槍枝，先往附近幾人的膝蓋開了幾槍。一扭身，避開首波攻擊，躍上船桅，旋身踹掉佔據瞭望台的海盜。當對方「啊啊啊」地往下掉時，稍晚一步到達的大雞翅膀拍拍跳出，開始凶殘地揍人了。

「哪來的布偶！」

「操！布偶打人好痛！」

「把那隻鬼雞給我分屍！」

底下傳來預料之中的怒吼。

果然不管到哪裡，布偶的樣子還是大不對勁啊。

運用圓滾滾的身體急速打倒七、八人後，小茆也跳到船上，一開始發現她的海盜原本提刀要砍下去，但看見讓人訝異的美貌後呆滯了數秒，就讓小茆一拳揍下海裡。

估算他們對付海盜應該不成問題，青鳥開始動手解救那些被捆在一起、差點遭到行刑的商船成員。

「你們到底……」莫名其妙被救援，船員並沒有露出喜色，反而更加警戒。

「等等再說，總之不是敵人，先把海盜趕走吧。」

的確，目前敵人相同，船員就不再浪費時間，重拾武器施展能力，加上大雞和小茆的協助，片刻過後，真的將海盜給趕出商船；追擊中途，小茆還順便砸毀了一艘海盜船，最後那群海盜灰溜溜地駕著船隻全速逃逸。

「搞定！」和青鳥一擊掌，小茆樂得抱著對方轉圈。

確定海盜真逃遠了，大雞身體一僵，整隻往地上一躺，裝死陣亡。

停下短暫的愉快，小茆放下人，板起臉看著圍繞著他們的一圈人，既不可愛也不嬌小，看了真想一個個打進海裡。

「請問兩位……三位？」打扮得像船長的男人從大批船員中走出來，身上有些傷

勢，不過精神還算好，他直接先朝青鳥兩人道了謝。

「我們姊妹和堂兄妹早上出來玩的時候，在附近海域被海盜攻擊，結果船沉了在等待救援，正好看見你們，原本想要聯絡協助，沒想到反而是你們比較需要救援啊？」青鳥眨眨眼，露出欺騙人心用的純真表情。

「原來是這樣。」看對方不像在說謊，而且兩名都是年紀不大的少女，船長這才鬆懈下來，「如果需要船隻幫助，現在應該安全了，要請其他人一起上船嗎？」

就這樣，琥珀與庫兒可順利登船了。

商船隨後查驗到一行人的身分所屬是第四星區某個小商家的家庭，很尋常，並無任何讓人起疑之處，讓他們更加放心。

撿起大雞，琥珀看著很快又混入船員裡打哈哈的青鳥，嘖了聲。

對於被海盜圍攻的事，船長並沒有解釋太多，大概覺得他們只是普通平民，僅說了是普通攻擊，沒參考價值。

不動聲色地入侵船上主機，琥珀開始等待訊息自動傳來。

接著，商船漸漸往第四星區移動。

第七話▼▼▼重逢

「其實沒打算這麼快回來。」

看著越來越靠近的熟悉港口，即使過了這麼多年，青鳥發現自己竟然還把這地方記得清清楚楚，有點無奈地靠到他家弟弟旁邊，「唉……」他都還記得哪條路左轉之後會有什麼。

「少騙人了，都得回來辦脫離家族身分不是。」平板地說著，琥珀瞄了越來越沒什麼精神的矮子一眼，「避不掉。」

「嗚嗚，不希望現實這麼早來嘛……」

「什麼現實啊？」從船員那邊討到一塊大餅的庫兒可遠遠走過來，正好聽見後面那段，「現實就是有得吃飽就好啦。」說著，她往大餅咬了一口，很滿足地嚼著。

「也是啦，吃飽好像什麼事都沒關係了。」青鳥打起精神，用力握拳，「反正已經決定好的事情，要殺要剮就隨便了！」

琥珀勾起唇角，繼續看他的海。

然後，在夕陽染紅海面的同時，商船漸漸進入港口區。

與六、七星區不同，第四星區保留了大量初代建築，即是當初「第一代」到達時使用的各種機組製造的街道房舍，有些材質甚至在其他星區很難看到，包括在海底分區看

見的那種銀白色建材也出現在其中。不過因爲莉絲蔓延，這些原本可能會散發能源與光的建築現在與各星區相同，黯淡一片。

船靠港後，可以看見到處都裝飾著「神」的圖騰旗幟，大多是初始起源神——「光神」的抽象光輝圖；接著雙女神與請願主阿克雷的標誌也散落其中。有些門戶上會掛著象徵各種神的物品，例如將木製的聖酒杯掛於酒館上，能獲得阿克雷庇護，免於邪惡侵擾等等。

可能島上有什麼活動，那些旗幟裝飾相當多樣化，有些甚至看起來像是手工繡品，價值又是另種層級。

「要幫你們辦入港手續嗎？」一名船員走過來，直接詢問琥珀一行人，「你們也曉得這兩天第四星區有活動，出入審查比較嚴格，這是隸屬棕家的合作商船，透過我們辦理會比較快。」

「麻煩了。」將假身分的授權轉給船員，琥珀也不擔心會被識破。

等到船員走遠，被抱著的大雞動了動。

「噓，當心船上能力者竊聽。」按著布偶，琥珀低聲說完，布偶果然立即再裝死。

「是不是每個星區都這麼熱鬧啊？」庫兒可趴在欄杆，興致勃勃地看著極爲繁榮的港區，泊滿船隻的第四星區沿岸布滿攤販與巡軍，站在船上就能嗅到不少甜甜的食物氣味，當然也有海水與海產的特殊腥味混在裡面。

「第四星區一直比其他星區還要繁榮，因爲這裡有神名軍隊，所以很少有戰爭。」朝靠近船邊的一個小攤販拍了下手掌，青鳥用儀器傳了點小錢給對方，攤販揮揮手，準備半晌後，非常有力地朝他們投擲一包東西。

青鳥準確無誤地接住，向攤販比了記拇指；打開小包，裡頭有好幾樣燒烤，有雞肉有魚串，一邊的庫兒可馬上湊上來搶食。

「神名軍隊是絕對不怕死的奉獻軍團，所以另外六大星區不敢輕易對這裡下手，幾百年來幾乎算是不戰之區；只要有人想攻打這裡，即使是百姓，也會揮出武器以神之名對抗邪惡，等於全區皆兵。」殺得了軍團，但是殺不了全區百姓。小茆補充說道：「在這裡也不能隨便犯罪喔，就算是偷竊也會被審判，庫兒可妳可別隨便打歪主意。」

「知道啦，這種地方最麻煩了。」有得吃才不會和自己過不去，庫兒可用力地咬下肉串。

其實他們僞造身分登島，基本上已經是重大罪犯，何況這裡還有好幾個處刑者……

琥珀冷笑了聲，隨便他們去野餐了。

那包燒烤差不多吃完後，幫他們辦理手續的船員又走回來，「完成了，幾位可以自行離開，如果有其他事情須要幫助，可以在港區找『越海』商船，我們會盡量幫忙。」

找這種小船還不如直接找芙西據點，琥珀雖然這樣想，不過還是向對方道過謝，在心中打點了下，打算上岸後先透過芙西據點和波塞特打個招呼，畢竟出來得突兀，不知道他那邊的事情後來如何。

下船後，青鳥抓抓頭，「我記得附近就有補充能源的老店，金之家的產業……」

「接觸家族可能會曝光，認識的就算了，如果引來不必要的人會很麻煩，找行者購買吧。」打開下載好的地圖，琥珀在附近找到不少隱蔽的行者商店，還有魯凱酒吧。

「買到之後可以今天就返回嗎？」覺得眞是浪費太多時間，小茆急著立刻出發。

「妳帶著兔子和庫兒可先回去吧，我和學姊得處理一下他家裡的事情。領航員那邊我已經設定好了，她帶你們回到第六星區外海，立刻會折回。」並沒有打算立刻回返，琥珀邊走邊和小茆確認接下來的事，「阿德的藥比較重要，所以不用再說其他的，快點趕回去。」

「嗯。」既然對方都開口了，小茆也就不再講其他的。看了下天色，買完能源後也不用再雇用私船，用她的能力就可以回到外海的潛水船那邊。

對於要去哪裡，庫兒可反而不太在意，反正這群人看起來是要讓她賴吃賴喝，那跟著誰都差不多，也就順從安排了。

「在下留下吧。」大雞動了動，傳來聲音：「小茄與庫兒可兩人都是能力者，可以保護自己，在下留在這邊能幫得上忙。」畢竟這兩個小孩有一個並非能力者，讓他比較擔心。

「隨你高興。」琥珀聳聳肩，也沒特別拒絕。

之後，透過地圖指引，他們果然找到行者專用的商家，購足了能源交付給小茄。隨後幾個人找了港區民宿，租下有小院子的小木屋，等待入夜。

對於外界很好奇的庫兒可蹭著青鳥帶她出去走一圈，立刻被琥珀駁回。

接著，夜深了。

□

「你們自己要小心，千萬別受傷了。」

看著月亮出現，小茄再三交代兩個小的，然後發動月神的能力。

雖然知道這幾人都是能力者，但庫兒可第一次看見小茆全體轉化……然後就開始流口水了，滴答滴答地流個不停，以前在實驗室好像沒看過這麼美的能力者。

……

……不對，等等。

以前的確曾聽那些實驗者講過，在VT9曾有個「最特別的藝術品」，VT8的人員一提到這件事，就開始說也要造一個同樣的能力者贏對方，但不管怎樣實驗，似乎都沒有達到他們想要的結果。因此廢棄了很多女孩，看著扭曲成各種樣子的同年紀廢棄品，當時庫兒可很怕下一個就是自己，所以使出渾身解數討好那些人，只想著要活下去。

這個女的也是實驗室出身。

庫兒可瞇起眼睛。

「我知道你有下載實驗室的資料。」轉化爲月神的女孩定定看著琥珀，「阿德優先，但事情結束了，你必須告訴我VT9的位置。」按照這人的性格，肯定已經將資訊都放進自己身上，既然找到一個實驗室，肯定能藉此找到另外一個，況且她以前曾聽實驗人員說過，兩個實驗室是相通合作的。

「我承諾妳。」琥珀張開手掌，一絲綠色的光芒飄散在空氣中。

露出淡淡的美麗微笑，月神對庫兒可伸出手，後者滿臉呆滯地將手擦了擦，然後放進散發微光的柔軟白皙掌心中，就這樣被帶起飄浮。

「妳也要小心喔！」握著月神的頭髮，青鳥小心翼翼地放手，「事情辦完我們就回去。」

月神彎下身，在青鳥額頭親了下，「等你們回來。」

目送月神與庫兒可，青鳥在窗戶邊看著微光在夜空中遠離，淡淡柔光吹拂到整片港區，並沒有發現任何異常的第四星區人們依舊忙碌於自己手上的工作，偶爾抬起頭，也沒看見什麼特別的。

「阿德的問題希望可以順利解決。」看著隨身儀器，琥珀追蹤到越來越多訊號潛伏於民宿周圍。

同樣感覺到異樣氣息的大雞已經呈警戒狀態。

「唉……接下來，面對現實。」

青鳥嘆氣完，立即有人敲響門板，低低的女性聲音隨即傳來。

「橙之家，彩映．瑟列格。」

「來得還眞快。」向大雞示意不用警戒，青鳥走過去打開門，出現在他面前的是個

少女，看見自己的模樣，女孩顯然也一愣。「好久不見啦，彩姊。」

「……變性了？」少女疑惑地打量女裝打扮的青鳥。

「前不久遇到有人要殺我，所以喬裝一下。」青鳥翻翻白眼，讓女孩進門，然後關上門，爲雙方簡介。「我弟弟琥珀。這個是橙之家，帶領神殿護衛的小隊長彩映，以前小時候我常常跑去跟她要糖果吃。」

「閣下貴庚？」要糖果……琥珀看著和他家學長差不多高的美少女。

「年齡可是女人最大的祕密喔。」彩映友善地笑了下，不過還是滿足對方的好奇，「大了青鳥十歲，這小子來討糖果時，我已經在護衛隊實習了。」

也就是說，這少女……應該說女性，都已經可以當孩子的媽了。

琥珀有點眼神死，再度覺得神名家族的血統果然都怪怪的。

「下船時我給彩姊發了訊息，她是我少數能信任的人。」青鳥抓抓頭、吐吐舌頭，「本來還以爲明天才到。」

「我們早知道你在小島被追殺的事情，所以一收到訊息我馬上來了，還從中央眾神殿趕來。外面那些都是我的人手，你們不用太擔心，起源神殿的護衛隊還沒多少人敢招惹。」兼程趕路的彩映環顧了房間，然後看了眼大雞和琥珀，「這兩年家族裡不太安

穩，爲了你們的安全，連夜趕回中央吧，『她』也想盡快見你……你這傢伙，竟然做那種脫離家族的事情，安逸個幾年存心找死了嗎。」

「唉呦，很多原因啦～」

「自己回去說吧。」彩映拎著青鳥，打開門，吹了一記響哨。

黑暗中，翻出了幾名穿著黑色斗篷、背上印著橘色圖騰的身影，大多也都不高，約略與彩映和青鳥相差無幾。

走了兩步，琥珀猛地停下，懷中的大雞也整隻緊繃。

「怎麼了？」青鳥跟著止住腳步，疑惑地回頭看他家弟弟。

「你確定她眞能信任嗎？棕之家都對你揮刀了。」看著儀器不斷閃爍警戒的淡色，琥珀抬起頭，看向女性，「如果是臨時來，爲什麼妳要大費周章調動港區軍隊包圍這家旅店？那些人已經淨空這條街道，不是嗎。」

同樣感受到從各處傳來的敵意與殺意，大雞翻下身，看著連結另一條街道的木窗。

「……彩姊，眞的嗎？」轉向彩映，青鳥往後退，擋在琥珀前。

「如果你信任我，就不要問其他的事。」彩映揮揮手，讓手下擋住出入口，「棕之家的手段是激烈了點，但我們都是爲了第四星區好，希望你可以配合。」

「青鳥。」朝木製窗戶一揮短翅膀，大雞發出聲音。

幾乎同時，青鳥發動高速直接跳出木窗，翻身彈射到沒有軍隊部署的黑色街道。

拉住還沒反應過來的琥珀，大雞卯足了力量，直接把人朝青鳥跳出去的方向甩去，確認青鳥的確接住人後，出手擊倒想要越過窗戶的追兵。

「第七星區的，別管第四星區的事。」彩映甩出武器，瞇起眼睛，「你們胡搞瞎搞那套留在第六、七星區就行了。」

「在下現在管的是朋友的事情。」對方果然知道自己的身分。大雞原本想拱手，但翅膀碰不到，於是跳上木窗框，「雖不知第四星區有何故須如此出手，但在下絕不容許幾位對友人造成傷害，會盡一切所能保護他們。」

「如果眞是這樣就好了。」

「什麼？」看著女性，大雞查覺到更多人往這邊來援，於是也不再拖延時間，又擊倒一名敵手後便往後一跳，追著先行離去的兩人消失在夜色中。

「追！」

□

「你這幾年到底得罪多少人啊？」

被青鳥拉著在小巷子裡亂跑，琥珀看著後方，雖沒看到追兵蹤影，不過應該還沒甩掉，儀器上顯示著還有不少人正與他們拉近距離。

「我是無辜的啊！」之前棕之家的事他就覺得莫名其妙了，現在連橙之家、而且還是自己認識的人出手，青鳥完全不知所措，還很後悔自己先聯繫對方，害得現在大家得跟著逃竄。「完全搞不懂……」

「等等，我們去芙西據點避避。」原本打算先打過招呼再去，但眼下似乎沒地方好躲了，琥珀乾脆畫出路線，連帶傳給分散逃走的大雞。

「嗯。」

鑽入隱蔽小巷中，青鳥拉著人翻過了大大小小的雜物，黑暗中因爲看不太清楚，還撞到好幾次不明物體，就這樣順著標示，摸到了一幢獨立的房舍圍牆邊。

沒想太多，且聽見後方有人追來的細微聲響，青鳥直接把琥珀先推過去，自己再跟著翻過牆。

落地同時，青鳥聽見了破風聲響，反射性按住琥珀蹲下身；鏘地聲，晃動尾羽的箭支直接插在他們剛剛站著的圍牆上。

「我們是帕恩、歐斯克達的友人，是來尋求幫助！」在下一支箭射過來之前，琥珀連忙爬起來說道：「因爲莫名被追趕，所以只好冒險入侵芙西據點尋求幫助。」

果然，攻擊就這樣停了下來。

擋在琥珀前，青鳥聽見圍牆另一端有其他聲響，接著是幾名身穿橙之家斗篷的人跟著翻進來，瞬間包圍住他們。

「你們眞當芙西據點是你家後院嗎？」

冰冷的聲音傳來，接著大量箭矢直接從建築物中射出，筆直襲向入侵者。幾名追兵被攻擊得受不了，只能暫時先放棄青鳥與琥珀，連忙逃離。

等到四周完全平靜下來後，建築物靠近院子的這邊才打開小門，「進來吧，我們正在向帕恩求證。」

感覺對方好像相當不友善，與之前芙西在其他星區的事務所似乎不太相同，看看他家弟弟，青鳥只好硬著頭皮走進去。

不過稍後他們就知道爲什麼這個據點今晚特別不友善了。

踏進屋內，小門後銜接的是一座蜿蜒小樓梯，看來是暗道。順著樓梯爬上去會直接進入二樓大廳，裡面有三個人，其中一名黑髮青年正在整理手上的弓弩，就是剛剛驅逐入侵者的人了。

「請自己找個喜歡的位子吧，今晚芙西的事務所有些忙碌，我們港區事務所的大部分人員下午在外海進行探測作業時遭到海盜襲擊，傷員不少，暫時無法很有禮貌地接待兩位，不過起碼還能提供點麵包、熱湯。」黑髮青年將弓弩掛到牆上，轉身自我介紹，「我是第四星區據點的主要負責人，長蘇。」

連忙也先介紹過自己，青鳥才偷偷瞄向其餘在室內的兩人。

一名是穿著老舊披風、看不清樣貌；另外一名是褐色頭髮的高壯青年……應該是自由行者，整體看來就很像是自由行者的打扮。

「荒地之風的科瑟，蒼龍谷的初光。」留意到青鳥的視線，長蘇一前一後介紹。

「我和他們稍早前打過照面了。」

掀開披風，底下意外是個相當年輕的男孩，這讓青鳥呆了幾秒，直到對方都走到他面前，他才整個人反應過來。

「不記得了嗎？」男孩笑了笑，拍拍青鳥的腦袋，「明明才剛見過不久。」

「你……你不是實驗室裡面那個——」整個大叫出來，青鳥指著對方，「蒼龍谷！」

他竟然看到蒼龍谷的人了！

「我把那些實驗體交給可信任的商船後，就搭了順風船一趟，來這邊逛逛。」男孩朝琥珀揮了下手，得到對方的瞪視，於是轉回很興奮的青鳥，「商船收了錢，會將他們安排妥當，有家的也會送他們回家。」

「太感謝了！」這樣，庫兒可應該可以眞的放下心了吧。青鳥對男孩的好感度瞬間提升到最高；當然，「蒼龍谷」絕對有加分，難怪會強成這樣，蒼龍谷的人簡直都是傳說啊！

「你怎麼出現在這裡。」琥珀瞇起眼睛，相當不客氣地開口。

「說了，來逛逛。」男孩——初光仔細收摺好披風，說道：「還有就是我在搭順風船的時候，正好撞見這裡的人被海盜襲擊，就出手打得他們唉爸叫母，然後也遇到荒地之風的人，就一起過來了。」

「你們認識？」看琥珀和初光講起話的態度好像很熟稔，青鳥一愣一愣的。

「見過一次面。」初光露出有點狡詐的微笑。

「……我不知道他是蒼龍谷。」爲了避免他家學長接下來在那邊亂吼竟然不告訴他之類的，琥珀搶白說道。

「可以簽名嗎。」青鳥流著口水，掏出本子來，接著被他家弟弟往腦頂狠揍下去。

無視在那邊慘號的矮子，琥珀嘖了聲，轉向長蘇：「請問……」

「確認的話，正好帕恩回傳了訊息，他保證你們兩位是友人，但他請你現在和他聯繫。」讓琥珀下載了使用通訊的授權，長蘇指指樓上，「我們的聯絡室在上面，請自行使用。」

其實不用給他授權也沒關係，琥珀可以自己來，除此之外，當時在芙西上幫忙時也有取得授權，可以用那個來認證。

「關於追兵，即使是第四星區的軍團，也不能隨意在芙西據點中撒野。」長蘇這句話是看著青鳥說的。

「感謝，不過我們還有一位夥伴，可能是雞或兔子模樣的布偶，晚一點會過來。」

曉得對方是在保證他們的安全，感激之餘，青鳥不忘先幫大白兔打個招呼。

「我會留意。」

「我怎麼不知道你認識那麼多人啊。」

進入聯絡室，確認沒有外人後，青鳥才開始抱怨：「太壞了，竟然還有蒼龍谷。」

「說了我不知道他是蒼龍谷的，只是以前在查閱資訊時認識的，而且沒眞的見過，你們在實驗室遇到時我才曉得他也在。」有點煩躁地坐到椅子上，琥珀拉出聯絡程式，聯繫另一端正在等待的帕恩。

「他是超高強的第三類能力者。」青鳥陰惻惻地說，「超強、無敵強，而且有點恐怖。」那個看來很普通的男孩竟然有類似噬的能力，現在回想起來還是覺得有點可怕，幸好對方看起來是個好人，還幫了他們不少，特別是釋放那些實驗體。

「是喔……」

「你好像很沒興趣。」竟然對蒼龍谷沒興趣！太浪費了！

「本來就沒興趣。」懶洋洋地反駁完，琥珀打開影像，另一端順利接上的帕恩正好朝他們揮手。

「你們怎麼短短時間裡就跑到第四星區了。」露出疑惑的神色，數算時間銜接不上的帕恩開口：「長蘇哥聯絡上時我還很懷疑，即使搭芙西，也得要幾天啊……」

「這個先不講，回去再說。」打斷對方的問句，懶得在這種狀況下解釋，琥珀直接說：「我想找波塞特。」

一開始只出示他們認識帕恩的原因是因爲波塞特的身分特殊，琥珀也不曉得能不能大剌剌地提，當下講帕恩的名字反而較爲保險，畢竟帕恩也算是芙西上的名人，名號肯定很好用。

「現在嗎？」帕恩搖搖頭，「目前波塞特不在，稍早不知收到什麼消息跑掉了。」

「海特爾他們還好吧？」

「海特爾和佩特都在芙西據點裡受到保護……你知道內情嗎？」稍微警戒了起來，帕恩語氣轉爲保守。

「不，他們沒事就好，波塞特回來時請幫我轉交留言給他。」將訊息加密，琥珀轉出給對方。

「好的。」

與帕恩沒有太多話可講，匆匆交換些情報後，談話差不多告一段落。

清除了使用記錄，琥珀站起身，一轉頭才發現後方沒吭聲的矮子正在打盹，看來整天勞動也累了，連飯都忘記吃。

「學長。」

把人叫醒，琥珀問了長蘇客房位置，拖著青鳥進去睡覺後，自己才退出房間。

邊突破第四星區連線邊入侵軍團主機，回到二樓大廳時，空氣中有絲淡淡血腥味。

再度把弓弩掛回牆面，長蘇看了眼琥珀，「第二批追兵，我認爲可能會驚動黑之家，到時就棘手了。」

「爲什麼棕之家和橙之家要追我學長呢？」接過初光端來的茶水，琥珀到這時才放鬆。

「這個，就要看看他是什麼身分了。有怎樣的身分，就會引起怎樣的殺機。」長蘇淡淡回應。

從頭到尾一直保持沉默的科瑟這時才走過來，非常恭敬地朝琥珀行了禮，「沙里恩少爺。」

「喲，地位不小。」初光坐在椅背上，搖晃著手上的飲料瓶，「你那小隻的學長似乎沒發現你一直與荒地保持聯繫啊。」

「如果不想被發現，就沒有人可以發現。」琥珀喝著茶水，冷哼了聲。

「也是，駭客最麻煩。」

聽著對方用古語形容「頭腦」，琥珀瞇起眼睛，「我本來就與他們不一樣。」

初光聳聳肩，「其實應該要有定義第四類能力者，就是頭腦系的，你們這種人根本就是某程度的能力者，而且還很討厭。」

不過眞要說起來，其實異於常人的人應該就能算能力者，要多方含括各種特別有能力的人嘛。

站在一邊的長蘇勾起唇。

「你會留很久嗎？」懶得理對方的調侃，琥珀問道。

「不曉得耶，看心情吧。對了，我先前也去過第六星區，就武器庫那時看熱鬧，在那裡遇到個男的，你最好找看看那個人，他身上有不得了的東西。」將喝空的飲料瓶拋進清理儀器中，初光伸出手指，按在琥珀的額頭上，「長這樣子。」

瞬間腦子裡浮現出青年、還是剛剛才提過的熟識青年，琥珀無言了下。

「認識的？」讀取到對方的意外，初光笑笑地收回手指。

「嗯……」這也太巧，巧得讓他想回去打矮子了。琥珀深深覺得自己的命眞的超不好，爲何一堆麻煩人物都要擠在一起煩他。總不能拉開帷幕上演舞台劇時，主角群爆表又和小丑群纏在一起……

「那就交給你處理了，我還有其他的事。」初光揮揮手，一臉事情辦完了懶得浪費時間繼續逗留，「還有，海下的那些事情少做，爲了你自己好。」

「……」

「就這樣，掰。」

第八話▼▼▼白色家族

大白兔比他們估計得還要晚到達。

原本以爲當晚或深夜應該就會來芙西據點集合，琥珀還在大廳等到深夜，然後迷迷糊糊睡著。第二日被吵醒時才發現自己不知什麼時候睡到了客房床上，那個精神重新灌滿的青鳥正在到處亂跑亂跳。

揍了矮子一拳，琥珀才精神不濟地下去大廳吃早餐。

大白兔是在這時候才進到事務所中。

整張雞皮已經不見的大玩偶在長蘇的帶領下走進來，「所幸兩位沒事。」大白兔拱拱手，謝過長蘇，在後者離開繼續忙著處理事務後才靠到桌邊。

「大俠你有遇到麻煩嗎？」滿嘴麵包的青鳥用力把柔軟香甜的食物吞下，灌了一大口果汁，連忙詢問。

「沒有，讓兩位擔心了。在下甩開追兵後，調頭回去跟蹤他們，順利潛進港區的軍團指揮部，在那裡待了一個晚上，趁早晨衛兵換班時才離開。」大白兔頓了頓，把脖子拉開，從裡面拿出關閉的儀器；畢竟是藏在軍團內部，爲了隱密行蹤當然不能開啓使用。「可惜無法記錄，但是聽見了一些可用情報，與青鳥有關。」

「我？」青鳥放下湯匙。

「是的，那名橙之家的女性在進入指揮所後，與棕之家的人碰面，在下親耳聽見他們說：『務必在所有事情爆發之前移除青鳥，以保護第四星區的安定』——你心中有底嗎？」省略其餘追捕討論，大白兔非常確定目標就是青鳥沒錯，而且對方看來勢在必行。

「唔……該不會這樣吧……」聽完大白兔提供的訊息，青鳥隱約覺得好像知道點什麼，「奇怪，但應該不會啊……」

並沒有加入討論，琥珀慢吞吞地啃著火腿。

看來青鳥似乎已有什麼想法，也不急著逼對方立刻給出結論，大白兔盤腿在一旁等待。

過了半晌，青鳥才主動開口：「先前金家的人不是說棕家想要推翻白之家嗎，檯面下有些鬥爭什麼的，我認爲應該不太可能。而彩姊背叛我也不太可能，一是她是瑞蒂媽媽的姪女；二是不管橙家或棕家，都在起源神面前發過重誓永遠效忠白之家，發綠光那種誓。」無論怎麼想，他都想不出這兩家族翻臉的原因。

「那大概就是你生來一臉欠砍，所以才會引得人家到處砍你吧。」琥珀點點頭，覺得自己思考的方向還不錯。

「……應該有別的理由吧。」青鳥眼神死地看著他家弟弟。

「嗯，那就維持先前的結論，你就勇敢點出去被砍到死，死前再告訴我們理由吧。」吞掉最後一口麵包，琥珀開始擦手。

「呸呸呸！才不會被砍死啦！」竟然一天到晚都想讓他被砍死！青鳥跳腳。本來還想抱怨，不過在聽見腳步聲接近大廳後，停下了吵鬧。

走進來的是昨天那個荒地之風的人。

不曉得是不是錯覺，青鳥總覺得對方在打量自己，想想他也看了回去。嗯，又高又壯，手臂肌肉也夠大塊，可惜穿得太多，看不到其他部位啊啊啊——

「這是你要的物品。」早市一開，科瑟就出去採辦各種貨物，返回後拿出一個提箱交給琥珀。

「謝謝。」琥珀接過箱子打開，果然都是他交代的物品，點算過後一樣不少，便可以進行接下來的事了。「我問過長蘇哥，芙西有專用的載貨商車，這兩天中央有活動所以出入較爲頻繁，中午會有一批貨要運送進中央，也就是眾神殿和白之家所在的中心區，我們可以搭那輛車避開軍團。」這樣就省得他們又要去張羅移動工具，便利很多。

「咦？」沒想到事態會如此發展，青鳥一時反應不過來。

「繼續待下去會給長蘇哥帶來麻煩，橙家昨天沒得手，今天就會找黑家人出面……別忘記我們是非法上岸。黑之家的軍團如果來到這裡，你覺得我們還能待下去嗎。」畢竟黑之家是護衛律法的家族，雖然人數比橙家少，但動起手來絕對不留情。琥珀也不想一次和三個家族起衝突，當然能避就避。

「了解。」青鳥想了想，覺得也沒錯，待在這裡不如直接回中央，在眾神殿找到「她」，那所有事情都可以一次解決了。

「須要我護衛你們嗎？」科瑟詢問。

「這不用，你先執行你的任務吧。」而且也懶得再多做一人的偽裝，琥珀回答。

點點頭，荒地之風的成員轉頭離開。

□

「你看起來跟荒地的人也很熟。」

吃過早餐準備行李時，青鳥直接黏在他家弟弟身後。

「你想太多了。」琥珀避開矮子的騷擾，從行李中抽出科瑟幫他買回來的短刀，這和之前給青鳥的雨傘是類似的物品，不過算是次級品，乘載程式發揮效能普普。另外就是加掛式的風壓護衛儀器，是要給大白兔使用的；兩件都還在跑程式，晚點再給他們。

「我的直覺告訴我，應該沒有想太多。」他弟眞是可疑到炸掉，青鳥開始在旁邊繞來繞去，「說吧說吧，不用害羞了。」

「……」眞想把對方摀在牆壁上，琥珀做了兩次深呼吸，繼續無視。

同時間感覺到殺意，想想還是不要拿自己的生命開玩笑，青鳥只好乖乖閉嘴，打算再擬其他方式提問。

接著一行人開始變裝，大白兔也被裝進新的熊皮裡；稍後，有人來通知他們商用車到了。

「我們收到情報，黑之家的駐港部隊正在聚集，可能待會就會找上門。」靠在門邊，長蘇挑眉看著已經又變成另一種小女孩模樣的青鳥，以及畫過淡妝、現在正把頭髮拉長的琥珀。

「有猜到。」穿上素黑色長袍，琥珀看著鏡子裡的自己，然後放下手上改變眼色的藥，「學長，你再對我流口水，我就抓你撞鏡子。」竟然看著自己的女性扮裝在那邊擦口水，還擦不完！

「可是好美喔……」看著他家變成妹妹的弟弟，那肌膚水嫩水嫩就不說了，可怕的是那張臉，上了女妝之後竟然整個從骨子裡美出來，細長濃密的睫毛、像是頂級寶石般閃耀的眼睛和形狀優美的粉色嘴唇，明明就是平常看慣的臉，竟變得讓人移不開視線。自認也是正常男人的青鳥眞想上前摸兩把，深深覺得他家弟弟搞不好其實有潛力可以和月神比拚的！那亮麗的黑長髮啊……好像透出一種不可打擾的冰冷氣質啊……

「眼睛不用改變嗎？」大熊走過來，歪著頭打量湖水綠。

「不，就這樣，我是要送去中央的商品，比較不容易被懷疑。」琥珀彎下身，套上矮跟鞋，「長蘇哥聯繫了他的朋友作爲接收人，不會有身分問題。」

「我不喜歡你說自己是商品。」知道他家弟弟有多討厭那種事情，青鳥皺起臉。

勾起淡淡的微笑，琥珀開口：「沒事。」

「青鳥的話，我們幫你準備好空酒桶，裡面有反掃描裝置，出城後就可以出來了。」其實在進門時也因爲看到少年的新樣貌愣了幾秒，長蘇咳了聲，「抓緊時間，快點上車吧。」

之後就如長蘇預料，在青鳥躲進被封好的酒桶，而大熊縮進禮物箱後，橙之家與黑之家的部隊就團團包圍住芙西據點。

負責搜索商車的幾名黑家小兵打開車後座，看到一名絕美的湖水綠端坐在裡頭冷看著他們時，連查驗身分的任務都差點忘記，一愣一愣地再把車門關上。接著遭到小隊長怒罵，重新打開門的小隊長也錯愕了下，才勉強查驗了少女的身分，確認是中央方某個貴族新招入的女僕後才退出。

「太可惜了，這送去肯定……唉，眞美好的湖水綠啊。」

「這年頭的貴族活得眞是滋潤。」

「眞希望能娶到這樣的老婆……」

就在一堆惋惜的細語下，查不到任何可疑之處的軍團只好讓商車先行離開。

與黑家軍團擦身而過之際，琥珀直接入侵領首隊長階級的儀器，確認對方正在與橙、棕兩家同步連線，不過黑家收到的訊息只是來追捕非法上岸的人，似乎並不知道關於青鳥的事情，或許可以排除在勾結之外。

正想進一步侵入黑家系統時，突然有人敲了敲車門，讓商車再度停下。

「失禮了。」

聽聲音是一開始開門查驗的小兵之一，琥珀打開車窗，看見年輕的黑之家青年漲紅

著臉站在外面。「從港區到眾神庇佑的中心還很遠，這個請妳收下……防身。」

對方遞出柄小匕首，還沒接下，琥珀的儀器就偵測出那是把系統武器，就和科瑟幫他買來的一樣，但高級許多，肯定價值不菲。

「我希望妳收下，這有阿克雷的祝福。」看出琥珀猶豫的神色，小兵連忙在被拒絕前說明，「這是前年救了商船後，武器商送的，沒有花錢，請放心，只是希望阿克雷可以庇佑妳。」

「謝謝你的善意。」琥珀伸出手收下匕首，可以看出對方是眞的純粹希望他安全，友善之心讓人稍微有點罪惡感。

小兵傻傻地露出單純笑容，臉紅紅地拔腿跑回歸隊。

商車再度前進。

摸著匕首，可以從裡面查出小兵所有身家資料——剛加入聯盟軍不久，家裡有個同樣憨實的母親，還有個小妹妹，相當尋常的人家。

「希望阿克雷也同樣庇佑你，以及你所愛的家人。」

淡淡的綠色微光從匕首中散出，穿出了商車，隨著風緩緩飛向正被其他同僚取笑的小兵身邊。

琥珀閉上眼睛，開始休息。

□

商車在深夜後進入中央。

越靠近統治區，周遭的建築樣式看起來變得越發古老，與母星相似。

「當初原始人類在這裡降臨時，有一部分的小型飛船直接改建成第一代住所，現在那些地方都成爲公共建設，也有當時遺留下來的實驗室喔。」已經從酒桶鑽出來的青鳥坐在琥珀旁邊，指著那些與第六星區差異不小的街道介紹：「當然，實驗室在現代已經是廢棄的了，煉造工廠那些也是，不過是後來發展的原型。」

「嗯。」這些類似觀光景點的介紹，七大星區都有導覽，琥珀當然也看過，所以沒有很仔細聽旁邊傢伙的碎碎唸。與其說是講解，不如說對方想多講點話來消除自己緊張的情緒吧，越靠近中央話就越多了。

其實，初代人類渡過星河所搭乘的艦艇，及一起運過來的各個實驗室，並非後期研究各種能力者與異變力量專用，而是單純用以小幅改變不善環境與動植物，讓人類能夠適應並生存下去的，但就像所有歷史一樣，即使有再多限制，人們終究會將立意良善的原物依自己想要的方向大肆改變，扭曲成無法直視之物。

「你們要怎麼找到想找的人？」知道他們進入中央是要找「某人」，不過大熊不曉得在這種狀況下他們要怎麼尋找，中央的守備肯定比港區嚴密，要躲過三個家系不算容易。

「事實上，是要等她自己來找我們。」青鳥乾笑地說。

商車在偏僻的街道放下一行人後，便朝原本預定的地點而去。

揹起假裝成背包的大熊，熟悉道路的青鳥領著琥珀左拐右繞。中央的街道即使深夜中亦相當明亮，地面上的引路燈在路燈熄滅後便會亮起，像是走在發光小徑，不時還有提示街道名稱的光字出現在腳邊。

「果然完全沒任何改變。」

古老的街道，就像初代人類昨日才建下般，還可感覺到他們在建構這裡時不斷走動的氣息，清晰得讓人覺得似乎在下個轉角就可以與傳說中的初代人類擦身而過。

順著白銀色的步道轉繞出住宅區，然後誠心誠意不懷抱任何邪惡心思地經過懸掛雙女神塑像的機甲之口、走過筆直的道路，最後出現在信仰者面前的就會是眾神殿的廣大神域。

廣闊到幾乎不見邊際的草皮與樹林，巨大而讓人感到震撼的透明石料雕刻成的神之使者、亦是初代降臨之人，各持守護武器或披掛機甲佇立在神殿土地周圍；而它們之間則是充斥著圍牆之氣，防禦的氣流系統來回吹動著，數百年來不曾間斷。

而被包圍在其中的，就是崇高的銀白眾神殿。

只要是曾經來朝聖的人都會知道，踏入眾神殿主殿時首先會看見的就是起源神與雙女神，副殿則是請願主，雖分於兩門教派，但神殿卻相通。

進入後花園，便有著神聖的葬地，初始的數名重要人物皆沉眠於白銀色的花朵中。

青鳥看著遠處的神殿，深深吸了口氣，硬著頭皮拉著他家弟弟轉進小道，從側門進入——大搖大擺衝大門肯定會被抓個正著，所以他們繞著邊緣走了一會兒，才走到一扇雖小、但也頗具規模的銀白色門扉前。

「我們想深夜祈禱。」將手腕儀器貼在門上，青鳥等待半晌，門開了一小邊，讓他們可以順利走進草皮區。

微涼的風在越過門時，挾著草木香氣吹來。

巡夜的白之家族巡守小隊見到他們沒有特別的反應，與青鳥相同身高、穿著白褂斗篷的幾名女性提著銀光小燈，經過時輕聲打了招呼，相互禱唸了庇佑之詞後便離去。

「夜祈殿在這邊。」指著附屬在眾神殿旁側的小建築，青鳥低聲說道：「大多數人還是比較喜歡去主殿或副殿，這時候應該不會有人使用。」

幾乎每位祈禱者還是認為要「正式誠心祈求」才能將心意傳達給諸神，所以只在夜間開放的小殿依舊不受青睞。

「眞可惜，那裡還提供宵夜呢。」

「你是想去吃宵夜的嗎。」琥珀白了青鳥一眼。

「沒啊，夜祈殿的宵夜很好吃，負責深夜煮食的廚師手藝很好，其他時段都吃不到的。」一想到香噴噴的點心，青鳥差點流口水。他以前小時候半夜肚子太餓就會溜出來討東西吃，專門為夜客設置的殿堂當然是最佳選擇。「給予一碗奶酒、一塊麵餅，有時候會夾不一樣的餡料。雖然簡單，但就是很好吃。」

「……」其實有點怕對方等等眞的在神殿裡吃宵夜，琥珀開始做心理建設，說服自己無論看到什麼都不要爆青筋。

在與第五組白色巡隊互相祝禱後，終於順利進到夜祈殿。

青鳥順帶解釋夜祈殿的由來是為了讓一些疲憊但又想祝禱的人可以在這邊較為放鬆

地祈禱而建。在主殿、副殿中，人們不敢隨意造次，以前還有不少人跪了好幾晚，餓到差點直接去見起源神，於是有了折衷，才有了夜祈殿。

當然也有人認爲晚上在這裡偷懶就不算眞正的誠心祈禱，很排斥上夜祈殿。

不過青鳥覺得起源神和阿克雷應該不介意信徒休息吧，以前當過人的神祇們一定可以理解，所以他是支持適當休息的。

進入夜祈殿後果然如青鳥所料，裡面空無一人，只有明亮的燈光充滿偌大的空間，在小殿中央則佇立著高聳的起源光神像。一般光神像有兩種，一是以光之圖騰作爲代表；另一種就如同現在小殿中的，雖是人像，但在頭部覆蓋了無法辨識面部的頭罩。

立著神像的石柱周圍滿是信徒奉獻的花朵與香料，還有不少獻給神的供品、書信。

「等吧。」一屁股坐在環繞神像的座椅上，青鳥仰起頭，看見上方的光芒閃爍後急速消失。

琥珀也坐了下來，解開鞋子，揉揉痠痛的腳踝。

左右看了看，大熊只好也跟著就地盤坐等待。

□

「在下可以請教你一些問題嗎。」

原本閉眼小憩的琥珀睜開眼睛，旁邊的青鳥已經睡得跟死豬一樣、還打呼，他皺起眉，轉向盤坐在正對面的布偶。

「如果你不介意我不一定會回答。」比較想全部不回答的琥珀很不親切地回應。

「若有所冒犯，您可以不回答。」大熊點點頭，很理解對方的思考模式，然後慎重地開口：「請問您究竟是誰？應該說，是何來歷？您應該也知道，在下與小茆姑娘起了疑心，您的表現至今已然不像學生，爲何還要遮掩這點？」到目前爲止，少年與初見面時的學生模樣已經快差了十萬八千里，稍微一想就能知道一開始對方是故意藏起能力，很可能直到現在還根本沒有發揮出所有實力。

「因爲我高興。」琥珀支著下頷，懶洋洋地冷笑，「而且這也與你們無關，誰理你們要起什麼疑心，我有做過什麼危害你們的事情嗎？」被危害的好像都是自己吧。

「在下明白這詢問相當失禮。」大熊一拱手，很誠心地道歉。

「我不會害你們，當然也不會害小茆那些人，因爲我學長希望你們都能平安無事。基於這點，我對你們就是『無害』。這樣說如果你願意相信，那就不用再懷疑其他事情了，問再多也與你們無關。」他從頭到尾幫助的都不是這些處刑者、能力者，僅是某矮子的希望，所以他才會按捺著厭煩繼續出手。琥珀瞇起價格昂貴的眼睛，「相信、不相信，都隨你。」

「在下絕對信任您。」

「……那就不要再問這些沒必要的事情。」琥珀懶懶地轉開頭，「何況，你也不喜歡被問背景吧，每個人都有祕密，我是，你也是。」

「如果你想知道在下的過往，在下也不會再掩蔽，儘管開口。」大熊誠懇地回應。

「現在應該不是好時機。」往旁邊的矮子揮了一拳，琥珀站起身，手上的儀器拉開了區域圖，圖上出現一支小隊停在夜祈殿的入口處。

被揍醒的青鳥很快反應過來。

靜待半晌，夜祈殿的門扉靜靜被推開，兩名長得一模一樣、穿著白色長袍的矮小女性，提著雕飾美麗的夜燈分站於兩側。接著，一名身穿白色輕甲的武裝女性走了進來，同樣不太高，銀色長髮紮了個很完美的優雅樣式。

「白之家，漪蔓．瑟列格，請幾位這邊走。」

畢恭畢敬地開口，有著藍色眼睛與好聽嗓音的銀髮女性看了眼後方的大熊，「若您比較喜歡原本的樣子，也可以不用僞裝，我的主人很早以前便已經知道……不過她希望沙里恩家的少爺維持現在的模樣，避免不必要的麻煩。」

大熊一拱手，從善如流地脫下僞裝熊皮，恢復原本大白兔的外型。

踏出小殿，在外等待他們的是支六人隊伍，同樣皆爲身材嬌小的女性，制式的輕甲制服，背後的披風上都有羽翼與光的圖騰。

請青鳥三人進入隊伍中央接受保護，漪蔓與兩名持燈女侍在前方領頭，沒有發出絲毫聲音地往黑暗中行走。

「接下來無論發生什麼事情，都請幾位跟隨燈侍，不須出手，也不用顧慮。」從披風後取出幾樣白銀色的長形物體，漪蔓幾個扳弄，甩出了弩弓。

看見另外六名武裝女性也做了同樣動作，各自拿出了相同兵器。

「第四星區流行這玩意嗎……」自己上岸後看見的長蘇也是用弩，琥珀覺得出現頻率頗高。

「您認爲流行，是因爲芙西的長蘇吧。」漪蔓露出淡淡的微笑，「那孩子是我的小姪子，在白之家的軍團中學習不短時間。」

看著外貌好像只有十多歲的女性，再想想另端的芙西青年起碼也有二十多歲了……

琥珀決定繼續保持沉默。

有時候，遺傳的謎真的不是科學能解釋的。

「有人來了。」聽見黑暗中細微的聲響，青鳥反射性走近琥珀，下意識地保護。

繼續前進，漪蔓的視線並沒有轉開，只是抬起手，朝遠處射出銀色短箭。半晌，走在兩側的其餘武裝女性也不一射出了箭支，而黑暗中也相應發出各種悶哼聲。

走在前頭的一雙燈侍僅著袍子打扮，但似乎不太擔心遭攻擊波及，只是提著明亮的燈盞，不快不慢地維持相同速度往前步行，就連暗處還以顏色的飛箭朝她們射來時也不閃不躲，交給後方漪蔓的銀箭打落。

看來這支隊伍是貨真價實的弓隊。大白兔於是放鬆警戒，依照女性原本的意思向前走動。

暗處的攻擊持續了好一陣子，直到漪蔓與隊伍同時換上發出黑光的短箭後，突然平靜下來。

「換黑箭就代表要玩真的了，銀箭不會殺人，黑箭就是一箭一命。」低聲在琥珀旁邊說道，青鳥覺得那些要殺他的人大概也曉得分寸，真要在眾神殿土地上鬧出人命就不是好玩的了。白之家在這塊土地上有絕對裁決的權力，凌駕於所有家族，今晚護衛隊真射出一排屍體也不會有人敢吭聲。來探狀況的殺手們應該也是知道這點，才停下攻擊。

「嗯。」琥珀打開了儀器，看著自動搜索系統，從踏入神殿領域到現在，果然抓到了不少訊號，當然那些有佩戴儀器的殺手都被記錄下來了，接著只要花點時間追蹤，應該很快都可以查清楚吧。

驅逐了追兵後，兩名燈侍才領他們轉入隱蔽的小路中，調淡了引路光芒，正式走進主道路上。

可視範圍幾乎僅剩腳邊的道路，青鳥與大白兔再度不約而同地走在琥珀身側。

最終，他們被帶到了一處盛開著白色花朵的園圃中，那裡有著一幢銀色小屋，淡淡的微光環繞在特殊材質之上，月光下給人虛幻異常的美感，好像這房子其實並不存在於這處似地。

燈侍的腳步到這邊停止，一左一右站到了入口處。

接著，六名護衛停在小屋前。

「請進吧。」

初踏入小屋時，琥珀就感覺到這裡的氣溫有點低。

沒有多餘奢華的布置，只有一些樸素的小桌椅，周圍懸掛的是素白色的隔紗，上頭都用銀線繡出了光與羽翼的圖騰。

唯一隨他們入內的漪蔓關上屋門，「請幾位在這邊稍等片刻，青鳥少爺您的房間依舊保持著原樣，隨時可使用。」

青鳥愣了下，反射性脫口而出：「喔好，謝謝。」接著意識到他家弟弟和大白兔的側目。「呃，其實這裡就是我以前小時候住的地方，眾神殿領域有一小片土地屬於白之家，重要成員全都居住在這邊……」

大白兔轉過頭，發現琥珀沒露出任何驚訝神色，於是想了想，大致上知道是怎麼回事。難怪之前青鳥提到家族時有點支支吾吾，難怪他的財力表現讓人吃驚，他的身分果然不只神官之子那麼簡單。

「都來到這裡了，你就坦白告訴兔子吧，再遮掩下去沒意義。」以前就知道這件事的琥珀逕自坐到旁邊，接過漪蔓替他們倒來的茶水。

「嗯，大俠，其實是這樣的……」

打斷青鳥的說明，大白兔環顧了周圍，「在下知道了。」說完，便朝青鳥彎身做了個拜見貴族成員的禮儀，「但是，在下並未聽過那位大人生育過的情資，會將你送到第六星區，恐怕也是要避人耳目吧。」

「是的，青鳥雖爲主人的孩子，但並未登入在正式的名冊下。」漪蔓對大白兔露出友善的微笑，知道對方剛剛制止青鳥開口，是怕有心人聽見他的證實。「第四星區爲神之所，統領此處的重要成員必須如同神般純潔無瑕，即使如同我們，在侍奉眾神的此刻，也皆保持著淨潔，因爲光神純粹無染，這是必須在所有人民前保持的形象。」

「如果不是因爲其他原因，我在第六星區、永遠不要回來是最好的。」青鳥抓抓臉，有點無奈，「所以脫離家族應該也是最好的選擇啊……」

「這個，您見到主人之後再說吧。」漪蔓輕輕微笑帶過，看看時間，「似乎有些延遲……」

話都還沒說完，一股巨大聲響打斷了幾人的交談。

像是有什麼爆炸般的不祥聲音撕裂了寂靜的眾神領域，伴隨著警鳴響徹整片天際。

「漪蔓隊長，夜祈殿遭到不明攻擊。」

門外傳來低沉的報告聲，屋內的幾人立即面面相覷。

「你們待在這裡別亂跑。」將房屋授權交還給青鳥，漪蔓打開門，吹了記響哨，手下的隊伍立即戒備。「我得回主人身邊，燈侍和弓隊會保護你們。」

「快去。」看見有些距離的遠方天空染出刺眼的紅色，接著是毒氣的紫黑色澤，青鳥握緊了拳頭，心跳瞬間緊張加速。

漪蔓行了禮，很快消失於黑暗的道路中。

琥珀順手帶上門，打開了軍團連線，投射出的影像中出現了被炸毀的神殿，以及急速到達的軍團能力者，大多穿著與漪蔓同樣的白色服飾，少部分是其他顏色的家族穿插其中。一到定位，各自張開了能力，迅速抑制爆炸與毒氣，讓傷害在短時間裡減縮到最小。

「奇怪，怎麼會有人敢攻擊四星區的神殿……」眞的是活膩了嗎？在第四星區攻擊神殿等於叫整個四區百姓一人一顆石頭砸爛凶手啊！還是第一次看見這可怕狀況，青鳥發現自己居然比較同情下手的人。

「他們未必是想攻擊神殿。」接收到紅色警訊的琥珀與感到殺氣的大白兔對看一眼，「學長，你眞的沒頭緒為什麼會被追殺嗎？」

青鳥抓抓頭，一臉痴呆。

此刻心中各種圈圈叉叉的琥珀再度覺得自己命眞苦。

第九話▼▼▼流言

「有什麼東西來了。」

聽見了機組發動的聲音自遠方以極快速度向這棟屋子逼近，青鳥還沒來得及開窗看看是什麼東西，某種體積龐大且有絕對重量的物體直接從天而降，重重撞壓在房子上，引起屋內強烈的震動，不少擺飾跟著翻倒摔落，連垂掛的白紗也抖動不已。

物體只停頓了數秒，接著從屋頂上跳開又引起一小陣晃動，很快地，聽見外面傳來打鬥聲。同時發動攻擊的弓隊飛弩聲急速攻擊來襲的物體。

「學長、兔子。」從行李中抽出已下載好程式的短刀與掛載儀器，琥珀分別拋出給兩人，「用法你們懂的。」

朝琥珀比了記拇指，青鳥與大白兔直接翻出窗戶。

已經燈光大亮的戶外根本不用尋找與分辨，他們一下就看見了從空中飛躍過去的巨大機組，與之前所見的那些不太相同，是另一種長形、類似蚭那樣型態的多關節機體，而且還有著浮空裝置；只是那裝置明顯不是現代低能源配件，是一發動就拉出致命毒氣的高能源系統，屋外立刻覆蓋上層淡淡毒氣，緩慢籠罩住花圃與屋舍。

依舊守在原位的燈侍同時伸出手，捲起的風將毒霧驅離。

大白兔看了看，確認燈侍是兩名操風者，弓隊中可能有一名能力者，其餘都是經過

軍團訓練的普通人。

蚝型機組一探測到攻擊人數增多便發出相應的聲響，散發出的能源像是火焰般在灰鐵色的機械身軀上纏繞出環狀色澤，更多的毒霧也隨之冒出，就像駕著一整片黑雲般俯瞰著地面獵物。

「這架機組是不是有好幾個核心？」明顯看見這玩意身上許多分節發出不一的小亮光，有些已呈現危險的色澤，有些則是一般運作中的燈號，讓青鳥想起之前曾見過架雙核心的機組。

「不，這是很多機組串聯起來的組合型號。」大白兔在琥珀開口前先行說道：「會分散攻擊，要特別小心。」

話才剛說完，飄浮在空中的機組猛地全部統一發出紫光，瞬間分散開來，變成幾十隻籃球般大的物體。它們各自擁有高能源可燃燒出莉絲毒霧，也擁有獨立浮空系統，接著，再度轉換爲不善的攻擊色光。

「琥珀，能處理嗎？」

震盪掉一架朝自己飛來的機組，青鳥偏開頭，朱紅色的箭掠過他的面頰，直接射在不遠處的第二架機組上，不偏不倚直中核心，箭身竄出一抹微光，直接讓那部機械失去動力。

看來紅色箭支載有類似琥珀給他們的震盪系統。幾年沒回來第四星區，顯然前面比較進步的星區已經開發出不少相對應的系統加以運用，不過應該只普及於聯盟軍內而已，這類武器肯定還是受到管制不會讓普通百姓隨便取得。

雖然兩邊都有能力壓制機組，不過這種會飛高高的果然有點麻煩。

「當然可以，但是我想應該用不上我了。」偵測到大量訊號的琥珀停下手邊工作，乾脆不在人家地盤多事。

就在通訊完畢的同時，青鳥也聽見空氣中傳來的騷動聲響。下一秒，大量箭支從遠處破空直接貫穿了那些機組；短短時間過後，被插得與刺蝟沒兩樣的機械全都掉落在地，喪失動力。

青鳥偏過頭，看見在房屋花園範圍外有另一支人數較多的白色部隊收下弓箭，確認安全後便開始撤出。

接著，是燃燒的夜祈殿方向出現一陣白光，將所有毒霧、火焰瞬間壓下，即使在稍有距離的這邊也能聽見那頭傳來各種騷動喊叫聲。

看到這種陣仗，青鳥立即知道平息一切的是誰了。

「請兩位回屋裡休息吧。」燈侍同時迎上來，擋住想要看個究竟的青鳥與大白兔，語氣稍微有些強勢，「請回屋內。」

拉住想交涉的青鳥，大白兔退回屋裡。

確認訪客都已進入，燈侍們便將屋門重新關起。

「那是第四星區的總長沒錯吧。」即使遠遠看，大白兔仍可以感覺到那股白光的力量非常強悍，很可能是頂端能力者的力量。

「對……看來今天晚上是不用等了。」青鳥嘆了口氣。

「的確不用等了，第四星區的人發訊息來，邀請我們明日出席聚會。明天有每季例行的神殿宴席，來自各地的高級商人與軍方會前來朝拜眾神殿與第四星區總長。」說白點，也會順便請這些上流人士捐款愛護一下神殿。關閉自己的系統，琥珀順手將長髮給盤起，「附帶一提，那條蚷型的鬼東西查不出特別來源，這玩意本來就在眾神殿裡收存了。我查了編號，是教學用的舊世代機型。」

「啊，眾神殿裡的確有收存一批機組，可是照理來說應該沒有能源才對……」青鳥抓抓頭，「該不會是那些殺手乾脆就搞出這些事情來解決吧。」

「也有可能，這些讓第四區的人自己查吧。」決定去攔截結果的琥珀打了個哈欠。

「你們還記得當時那個反叛軍說的話嗎？」大白兔沉寂了半晌，突然開口：「就是被黑森林救去的那位。」

「『瑟列格當家很危險』？」當然還記得對方的話，青鳥這段時間也想過幾次，就是不確定是總長本身危險，或是總長的周遭有人會帶來危險……畢竟反叛軍應該是要對總長不利的那方。

「是的，不知道為何，在下突然想起這事情。」也說不出個所以然，總之大白兔開始介意了起來。

「明日必定要特別小心。」

□

翌日，青鳥起了個大早。

應該說，他也沒什麼睡。

清晨時，燈侍退下離開，來了另一對花侍，淡雅的香氣挾伴著低聲的清晨祝禱詞一起飄進房中，讓罕見沒睡意的青鳥完全清醒。

睡在旁邊的琥珀還是維持著超級美少女的模樣，默默地看著他家弟弟滴了五分鐘口水，青鳥才擦擦嘴巴，爬下床。

轉進大廳，就看見打坐一晚的大白兔依舊維持著相同姿勢靜修。

從桌上拿走塊麵包，青鳥走出房屋。

外頭的一雙花侍沒有攔阻他，就是讓他在花園裡走動……反正不要衝出這個範圍就沒關係。以前是這樣，現在也是這樣，那時要離開神殿範圍還要申請，一移動就有人會跟在他身邊，所以外界的很多物品都是請託其他人幫忙帶回來的。

其中，最喜歡的就是那些處刑者與英雄們的影片故事。

「你的表情看起來就像在回憶以前的日子。」

抬起頭，青鳥看見漪蔓走過來，昨天深夜她就回到這邊，幫他們守了一晚的夜。

「事實上我比較懷念在第六星區的日子，要去哪就去哪，要吃什麼東西就可以吃什麼東西……如果都不要有爭端，這種生活多好。」本來就是只要能吃飽喝足就很滿足，青鳥搖搖頭，有點無奈，「所以我覺得脫離家族是最好的選擇，對大家都好。」

「有些人就是不願意這麼簡單斷絕所有聯繫，不是嗎。」漪蔓微笑說道：「如同，你肯定也不會想立即與沙里恩家的少爺斷絕關係。」

「當然，我發誓要好好照顧琥珀了。」雖然現在都是對方照顧自己比較多……青鳥默默覺得良心有點刺痛。

「那麼，你與主人現在應該能夠互相體諒了。」說完，漪蔓向後退開，保持在護衛該有的距離。

聽見後方的聲響，青鳥回過頭，看到他家弟弟剛好推門走出來。

「一個小時後我們會請兩位從這裡正式出發到聚會廳，兔俠的身分較為敏感，所以必須請他暫時先留在此地。沙里恩少爺的身分是白之家自其他家族邀請到來研討的『頭腦』；而青鳥少爺則為隨行的女侍，希望兩位可以應此身分做適當的打扮。」稍微行了個禮，漪蔓表示，「需要的物品與服飾已經都幫你們準備好，放置在屋內，請隨意取用。」

言下之意，就是要他們偽裝得更徹底一點。

剛起床就聽見這種要勞動的話，琥珀面無表情地轉回屋裡。

看著對方的反應，漪蔓握拳遮住唇部，輕笑了幾聲。那個男孩一定知道，出席不算小的聚會場合肯定要穿正裝，以他們的身分來說，受到白之家的邀請是極為正式的，所以服裝必定要相當講究，越講究的則越繁贅——當然，她是準備女性的正裝。

一個小時後，漪蔓在門口迎接如她所料的華服美人。

「妳是故意的吧。」

穿著已經不是繁贅可以形容的麻煩禮服，琥珀居高臨下地看著另一個矮子。這弓隊隊長給他準備的是一襲根本可以稱爲富麗堂皇的白色長裙，裡裡外外穿了五、六層，每件都是精品銀線刺繡，走在陽光下根本都能反光了，更別提那些腰鍊腰墜項鍊頭飾頭飾頭環什麼的，還有雙價值不菲的精緻綁帶鞋，尺寸合得根本是衝著他來。

後頭青鳥的服裝就簡便得讓人想揹人了，而且還一路盯著他滴口水滴到外面來。

「我認爲，人人都有欣賞美麗之物的權利啊。」漪蔓完全不否認是自己故意精挑細選，昨天晚上費了很大一番工夫才找齊這些行頭，很仔細地打量少年，這光芒四射的效果眞如她所料……應該說比她預估的還要好上太多了，簡直像極由頂級大師手中打造出的無價白瓷藝術品。

「眞的，琥珀……你眞該當瑞比特。」這根本比他扮相美太多了吧，連那些花侍和護衛小隊都忍不住一直偷瞄，青鳥好想叫對方一輩子都別卸妝了。

沉默地抽出腰鍊，琥珀把那條價值應該可以換輛動力車的細鍊子往他家學長脖子一

套，接著用力勒緊，「你再說一次、再說一次啊？」

「我、我們快點辦完事回來把這些鬼東西卸掉吧！」瞬間感受到生命差點離體而去，青鳥連忙大喊。

「哼！」

□

第四星區實際上有相當多慶典、宴會。

大多是軍團與百姓共同爲神慶祝，藉此拉深人與神的羈絆。

其中最爲重要的就是新世紀生成日，也被稱爲「降落日」，即是越過漫長星河後，載滿人類的艦艇下降在這顆星球讓人類得到重生的那一天。這個日子不只第四星區，其餘各大星區也同樣會慶祝，自初代至今，都是慣例由第四星區在當日整點鳴聲，其餘星區跟進，宣告降落日的到來。

所謂的鳴聲也就是艦艇降落後，通知全部人類安全抵達時所發出的巨笛聲響，這設備同樣由第四星區保管，數百年來一直使用著。

接著便是新年、重大節日，眾神的生日等等……

其中的季節宴相較下比較沒這麼重大，而且僅限一定身分的人參與。

每季一次的四季宴席起源於當初降落新世界時，各大家族於星區四散探索，便約定好每季返回一次，以降落地、也就是今日的眾神殿為召開集會處，屆時交換各種發現與討論，順便確定離去的團隊是否平安生存。

不過這種聚會很快便流於形式，大多人都不願意透露對自己家族有利的發現，後期各大星區建立後更是虛與委蛇，最後乾脆變成上層社會的交際日了，還順便比較一下誰這次交付神殿的捐款比較多，唯一有幫助的就是這筆款項數目不低，用在改善偏僻區域上還滿有成效。

到達宴會場時，裡面已經有不少人。

當然，青鳥也看見代表各色分家的人出現在宴會上，棕家和橙家的人還直接盯著他們看了啊哈哈哈……

「放輕鬆點。」

走在前頭的琥珀相當自然地進入人群，當然湖水綠在眾人之間馬上引起小小的騷動，一旁的漪蔓就像先前說好的，向其他人介紹這是邀請來的「頭腦」，很快地便引起更多人的興趣。

排除圍繞的人們，漪蔓領著兩人走到準備好的安靜獨立雅座，會場中央正在表演著敬神的歌舞，「接下來就請兩位多多幫助了。」

「幫助？」

被這麼一說，青鳥整個人一堆問號，轉頭看他家弟弟，後者嘖了聲。

「你們是吃定我們不會在這邊動手嗎？」

漪蔓離開後，在附近等待已久的彩映才走過來，穿著相應於宴會的服飾，看起來與其他橙之家的人無異。

「如果真的要在這邊引起騷動，我們也沒辦法。」琥珀微瞇起眼，冷笑了聲：「看在你們的神祇上，坐下吧。」

左右環顧半晌，並沒有看見那隻布偶，彩映緩緩在空位落坐。

「彩映姊……」青鳥張張嘴，也不知該和對方說什麼，而且眼前相識的女性看起來似乎有些緊張，估計真的怕砸場子？

「很抱歉，但是我真誠地請求兩位跟我離開這個地方。」將手掌放在胸口上，彩映開口：「青鳥想知道爲什麼我們要追殺你的事，我也一定會告訴你，請快點離開這裡。」

「……昨天那條長形機組是你們弄的嗎？」並沒有回應女性的請求，琥珀打開手邊的絹扇，遮住下半張臉，擋掉不遠處那些宴會客人們的窺探視線，避免裡頭有會讀唇語的人。「棕之家與橙之家竟敢在眾神殿的領域動手嗎？」

「不，我以起源神的名譽發誓，我們只在神殿區域外追擊，雖然知道你們進了神殿，但無法在裡面出手。昨晚的騷動與我們無關，黑之家也正在調查昨夜的事。」壓低頭部，彩映細聲說道：「青鳥離開太久，神名家族檯面下的鬥爭已經不是你當年知道的，爲了白之家，請你快點消失吧。」

「爲了白之家？有個家族告訴我們，要推翻白之家的可是棕之家喔。」留意到雅座周圍開始出現不少棕之家與橙之家的人，琥珀繼續不動聲色地搖搖扇子。

「這怎麼可能！」彩映立刻反駁。

「這怎麼不可能，你們連學長都想下手了不是……別急著解釋，看來戲都快上演了，身爲演員的幾位，何不就在舞台上與敵人一決生死呢。」琥珀收起絹扇，指向宴會表演結束後，已經開始起了些小騷動的某處。

那是幾個有名商隊的代表人，原本還拿著食物觀賞表演，現在已圍繞成一圈，討論聲有些激昂地引起周遭人的注意，於是更多人加入了。

「去看看吧。」相當乾脆地站起身，琥珀一踏出雅座，就有幾名年輕人靠上來想要攀談，立即讓彩映與橙之家的人給打發走。

原本正在討論的商人們看見有人靠近，稍微停下交談。

「打擾了，請問幾位紳士們是否有相當迷人的話題呢？」露出適當得宜的微笑，琥珀行了個十分標準的淑女禮儀，讓身後的青鳥差點跟著那票肥商人流口水。「見幾位交談得如此熱烈，讓穆麗兒好奇得冒昧打斷，希望此舉不會令各位不快。」

「不不……當然歡迎，這邊坐。」盯著美少女與那雙湖水綠的眼睛呆了好幾秒後，終於有人回過神，急忙清出空位，還用自己的衣袖在椅子上抹了好幾下，「從來沒見過穆麗兒小姐，想必是哪戶貴族？」

「不入耳的小家族，這次運氣正好，受到了白之家族的邀請。」舉止合宜地在那張椅子上坐下，對著一群男人再度追加一擊營業用的美麗微笑，琥珀順便不著聲色地往旁邊的青鳥踹一腳，讓他回魂，「首次參加宴席，失禮處請勿見怪。」

「絕對不失禮。」用袖子擦椅子的男人把想坐到少女旁邊的傢伙推開，「我是『海龍商隊』的總管，我們正好在談論這次最大的話題呢，小姐有興趣，想聽什麼都可以說給妳聽，要是能賞臉，還能帶妳上我們海龍最大的商船出海遊玩呢。」

「屁，海龍的船小得跟屁一樣，論商船當然我們『四葉』才是數一數二的最大商船！」

「什麼！你把我們『金平號』放在哪裡！」

「金平號根本是紙船吧！」

搖著扇子，聽他們這樣爭論下去大概會沒完沒了，琥珀只好忍住火氣，繼續微笑，「我不了解所謂『最大的話題』呢，希望幾位紳士願意說說。」

一聽女孩開口，本來還在嘴上爭辯別人船隻一定會沉掉的幾名男性立刻打住，全部露出討好的笑容，繼續一開始的話題。

「那當然就是第四星區最近檯面下鬧得沸沸揚揚的傳言了。這兩年，有消息說第四星區的總長雖號稱是淨潔無瑕、受到諸神眷顧的白色聖女，但背地裡卻過得很荒唐，甚至還生了小孩窩藏在其他星區，繼續欺騙、掌控這個星區；還有人傳聞她勾結強盜與反叛軍，將家族重要之物轉贈給那些渾蛋作為信物……這次第七星區的事情，她也有一份，還與強盜談好要暗地掠奪其他區域呢。」

按住要爆跳出去的青鳥，琥珀看了眼表情變得十分憤怒的彩映，以及四周棕家、橙家人員，大致上可以推測些事情出來，「這還眞是有意思，不過白之家並未強制單身，歷代總長也有結婚生子的，倒也沒什麼問題。」

「是這樣沒錯，但白色聖女與人到處私通的話說出來也不好聽，還有其他的勾結，這可都會影響到第四星區，很可能會引起人民憤怒啊……宗教是兩面刃，穆麗兒小姐應該也曉得。所以這次我們幾大商隊聯合起來，希望瑟列格總長能夠給個說法。」

「是啊是啊，我們也不希望商隊受到影響。」

「瑟列格總長要結婚是沒意見啦，但她不能出賣整個第四星區啊……該不會她的私通對象就是強盜吧！」

就在商人們的交談聲又開始變大之際，站在一旁的幾名家族女性終於忍不住了，首先跳出了棕之家打扮的女子，破口大罵道：「阿克雷會懲罰你們這些編造惡意謠言的人！竟敢這樣詆毀總長！」

「就是！竟然連這種噁心的話都說出口！眞是讓人憤怒！」另一名橙之家的女性也立刻怒吼：「以瑟列格家名譽發誓，凡詆毀總長者，都將會是我們的敵人！」

見氣氛變得不善，海龍商隊的男性連忙出聲和緩，「請別生氣了，所以大家這次來，就是希望瑟列格總長能給個說法，要是真沒問題，我們當然也樂意在外幫忙澄清這些謠言。」

「是啊是啊。」其餘幾人立刻附和。

看他們雙方人馬的小衝突也演得差不多了，琥珀拍拍那名男性，「其實瑟列格總長已經到了，她正在看著你們。」

被這樣一說，本來吵鬧的一群人這才發現大殿不知何時安靜到連根針掉下來都能聽見，所有人都注視著騷動的起源——包括不知哪時出現人影的神殿王座，一字排開的白色護衛們的正中央端坐著全身雪白的嬌小女性，頭上披蓋著繡有光與羽的第四區代表圖騰的頭紗，看不清面容，但也正對著他們這邊。

剛剛跳出來吵架的兩色家族女性連忙尷尬行了禮，往旁邊撤開。

琥珀站起身，當然仍是緩緩地表示一下禮數。

「幾位可以繼續討論。」

寂靜的空間中，從白色頭紗下傳來了清脆悅耳、像是少女般柔嫩的聲音：「起源神庇佑，願人人都享有各式討論想法的樂趣。」

「瑟列格總長。」商人們立即朝無法窺見面貌的女性行了正式禮儀，「眞是抱歉。」

「請不用介意，起源神賜予我們的是重生與自由，若有疑問，我自然也很樂意爲幾位解答，幾位只須儘管當面開口，過多的猜測只會造成心與心的隔閡，相信起源神也樂見諸位的提問。」不快不慢、不輕也不重，少女的聲音維持著讓人聽了相當舒服的語調。

「那就請瑟列格總長告訴我們那些謠言的答案。」安靜的人群中突然爆出質問，剛才並沒有參與討論的陌生男性走出，「我是朗布，奧彌家族。瑟列格總長是否眞的有孩子，以及您將象徵家族……甚至整個第四星區的重要之物交給強盜、背叛神之星區？這些事的眞實性究竟爲何？請在這裡當場告訴所有人！」

瑟列格總長抬起手，讓一名氣極想衝出來的棕之家女性退回原位。

「如您所想，我的確有孩子。」

宴會大殿立即陷入一片譁然。

□

「她在幹嘛啊！」

青鳥一整個跳腳，正想衝過去時，身旁的琥珀拉住他。

「這戲不會這麼快結束，先看著吧。」

琥珀剛說完，王座上的女性等待眾人的喧鬧聲逐漸停下後，才繼續開口——

「如諸位所想，我有無以計數的孩子，只要生活在這片土地上，不論男女老少，都爲起源神傳遞我觀照之子。」

所有人大概就是這番話講完的瞬間又愣了下，青鳥還聽到有人很細微地罵了句髒話，意思大概就等同「幹嘛要分段說來嚇人」之類的。

「至於重要之物轉交給強盜……這謠言就有些令人煩惱了。畢竟白之家才剛邀請一位優秀的『頭腦』來爲我們設計新的防禦系統，若神之器已經不在，那可能就要讓這位貴客白跑一趟了。您說是吧，穆麗兒小姐。」

瑟列格總長的話讓不少人轉向注視琥珀。

青鳥聽到他家弟弟也很低聲地問候了總長……

「妳說謊！」叫作朗布的男性立刻大喊起來，「我手上有妳有孩子的證據！還有，如果神器沒轉送，妳敢現在拿出來給大家看看、證實謠言是假的嗎？證實妳沒有背叛我們的信仰嗎？」

「真沉不住氣，這種等級難怪這麼快就被釣上。」琥珀甩開絹扇，遮住半臉，慢慢地移動腳步，走出人群；後頭的青鳥很快跟上，一路跟到王座前的空間，也就是那個朗布跳出來的位置。

「神器一直封存在眾神殿的深處，不是說拿就拿的物品，真放肆！」不知從哪鑽出來的漪蔓擋在朗布前，不讓這人再往總長的方向靠近。

「哼！根本拿不出來吧！還有，這種小女孩哪是什麼『頭腦』，根本聽都沒聽過，八成只是瑟列格總長找個罕見的湖水綠來這邊裝稀奇騙人吧。」相當不客氣地指著旁邊的人，朗布輕蔑地說：「要透過什麼管道才能找到湖水綠，瑟列格總長也太費心了吧。」

瞇起眼睛，看著指在自己臉前的手指，琥珀思考著要不要直接折斷。

「沒禮貌！」青鳥拍掉那根手指，齜牙咧嘴地把朗布推開，「我家弟……我家小姐是你可以亂指的嗎！再指一次就砍掉！」

「來得正好！我現在就當眾證實，你這傢伙就是瑟列格總長窩藏的小孩。」本來要抓住青鳥，但沒想到對方速度極快躲開自己的手，朗布在漪蔓與手下同時抽出弩弓後停下捕捉的動作，只好轉頭向大殿的賓客，「我手上有這小孩的所有資料，還有瑟列格家族十幾年來各種金援、通信的記錄，現在就讓你們都看看——」

「喔，你是說你儀器裡僞造的那些嗎？」

清冷的聲音打斷朗布激昂揭發醜聞的動作，他一回頭，就看到綠眼睛的美少女已經闔起扇子，露出了淡淡的笑意，「快發送讓大家看看吧，爲了誣衊瑟列格總長編寫的假情報肯定相當精采，像是坊間廉價的三流戲碼呢。」

有瞬間被那抹美麗的笑給迷住，不過很快回過神的朗布立刻重拾戰意，「哼！你們就全部給我睜大眼睛看好了！」

接著，所有人的隨身儀器都收到了下載請求，對於謠言的眞實性感到百分之百好奇的人們馬上便接收所謂的「資料」，在瑟列格家族並沒有阻止的情況下，當場開始閱讀。

朗布露出得意的笑，甚至還有些下流地朝琥珀做出個親吻動作。

不過他的笑沒持續很久。

約莫數分鐘後，已經有快速看完部分的人發出怒罵：「太過分了！這眞的是誣衊瑟列格家族！」

「沒錯！眞是太拙劣的僞造文件！」

「極度讓人作嘔的惡意！」

各種替總長憤怒不平的罵聲傳來後，朗布整個人錯愕了，急忙打開資料，只讀了一小部分，他的臉立即鐵青不已。

「奧彌家族的人竟然分不清這種僞劣文件，還用來不實指控瑟列格總長呢。」微微偏過頭，琥珀看著拚命冒冷汗的攻擊者，說道：「爲了你好，接下來的事情還是不要繼續吧。」他的儀器偵測到對方正在試圖連結某件東西。

「妳、妳……妳換了我的資料！」不顧一切地指著少女，朗布尖叫出聲。

「我可不曉得你想用什麼誣衊總長，該如何準備相同的來替換呢。」露出稍微有些無辜的笑容，得到不少男性支持的琥珀眨眨眼睛，然後走近朗布身邊，「至於，要總長取出神器未免強人所難，叫作神器的東西，不管在哪裡都藏收嚴謹，不方便隨意見客

的，不是嗎。」

「妳——」

琥珀伸出手，不著聲色地中斷朗布正在聯繫的遠方機組，截斷所有可用訊號，讓對方下一波動作失效，「說眞的，回去吧，別毀了奧彌家族多年的努力。」

「輪不到妳這種走狗假『頭腦』來虛張聲勢。」發現自己的訊號被中斷，朗布更加憤怒了，甚至用力推了把阻礙自己的少女，「效忠起源神的正義之士就應該群起對抗那些不適任的背叛者！」

琥珀拍拍自己的衣服，發現不動聲色的白之家開始運作起各種程式，那些不友善的聯繫記錄正快速地也被複製一份到他的儀器之中。眞讓眼前這傢伙繼續再鬧下去，後果可能難以收拾吧。

……奧彌家也不該有太糟糕的下場啊。

稍微思考了下，琥珀再度向前走了兩步。

「妳要幹嘛！」看見少女竟然還往自己這邊靠近，朗布下意識倒退。

「你不知道挑戰『頭腦』是要付出代價的嗎？」

露出微笑，琥珀在空中拉出程式。

接下來，就是朗布的尖叫時間。

在旁見證著一名男性活到現在所有私事糗事初戀被甩都被下載到自己手腕上的儀器中，連在野外偷偷大小便都查得到影像，接著在被威脅要送給現場所有嘉賓當紀念品後開始痛哭流涕，跪求湖水綠美少女大發慈悲時，青鳥眞的再度覺得，他家弟弟是魔王。

黑色的，從天空降臨，超級絕對大魔王。

第十話▼▼▼身分

後來，朗布因爲散播不實資料、詆毀瑟列格總長，在四季宴會中引起公憤，被眾人驅逐而出。

這件事情在宴會之後還被討論了好一段時間，關於瑟列格總長的謠言也稍微降溫。

朗布被趕出宴會後，瑟列格總長繼續主持四季宴會，替許多人解答了其餘問題後，便在工作纏身的狀況下先行離開會場。

因爲修理了朗布而被一堆男男女女包圍，連想逃都逃不走的琥珀，是在宴會快進入尾聲、神官們帶所有人閉眼祝禱時，才得以順利脫身逃逸。

「我眞是欠你們瑟列格家欠到死！」

差點被整死的琥珀盡量快步往小屋方向逃，邊跑邊將宴會上收到的各種禮物往旁邊丟，「一個個都愛算計人。」

「有嗎？」跟著跑的青鳥連忙幫手接過那些物品，赫然見到有不少高價寶石飾品。直接往矮子腦袋搧下去，看到對方哀哀叫痛後，琥珀才稍微解氣。

很快便追了上來的花侍與部分弓隊，立即排回保護的隊形。

可能因為現在是白天以及宴會的緣故，眾神殿周圍的人相當多，一路走過的走廊庭院可以看見家族或普通百姓，大多對他們投以好奇或驚艷的目光。

等到人漸稀少，穿過小路，遠遠地就看見剛才在總長身旁的那支白色護衛隊已包圍在小屋周圍。

兩人對此並不意外，總長有公務先離開肯定是藉口，離開後就繞來這邊乘涼喝茶了。

越過護衛隊，青鳥打開屋門。

「唉呀，比我預想的還要早一點脫身。」端坐在屋內的白衣女性主動開口，坐在另一邊的大白兔晃了晃耳朵，跳下座位。

「在下與瑟列格總長稍微聊過方才的事情。」在屋內等待的大白兔告訴他們，一開始女性直接大剌剌走進來時嚇了他一跳。不過在確認對方身分後倒也不意外了，便暫時先隨意聊著些話題，等待兩人返回。

「就是，兔俠告訴我你們在第七星區的事。」女性轉向青鳥，抬起雙手，開始拆開遮蔽面孔的白色垂掛頭紗。「那麼算帳的時間也到了，現在這裡沒外人，請把門給關上鎖緊。」

「……那我就不打擾你們了。」覺得大限將近，青鳥立刻往逃生口衝。

瞬間，白色的影子一閃，屋門砰地聲被甩上，還有各種上鎖聲急速斷絕某人的生路。

沒想到瑟列格總長的速度竟如此之快，這讓大白兔整隻僵仕，愣愣地轉頭看向琥珀，後者一臉無視地拆著身上裝飾。

接著，女性取下頭紗後，讓大白兔更加震驚了。

他認爲自己好像看見了白色版的瑞比特，銀白色的長髮、湛藍清澈的眼睛，同樣細緻美麗的肌膚與少女般的外貌……其實仔細一看，她甚至比瑞比特更美，而且還沒什麼化妝。

如果事前沒猜測到青鳥的身分，大白兔眞的會更驚愕女性的面容。

「你這臭孩子！什麼叫脫離家族！隨隨便便脫離家族是誰教你的！有種斷絕關係信不信我把你屁股揍爛！」

一反剛才人前恬靜優美的高貴氣質，現在白色的美麗少女直接拽住青鳥，力大無窮地把人按在地上，舉起毫無瑕疵、像是藝術品般的手掌就往對方的屁股揍，一邊揍還一邊毫無形象地大罵：「給我斷絕關係！給我斷絕關係！你媽十月懷胎還要躲躲藏藏好不容易生下你這屁兒子還給我斷絕關係！」

「對不起啦──」

接收了屋子授權系統，琥珀把隔音調到最好，然後清洗屋內的記錄，避免屋內完全不能看的畫面流出去。一回過頭就看見大白兔整隻豎直地站在角落，好像剛逛完鬼屋似地，散發著驚恐的氣息看著門邊打小孩的可怕畫面。

雖然有猜到女性和青鳥的關係，但現在上演這麼衝擊的畫面，讓大白兔整個不知所措。

「是的，這位就是學長的母親。」

琥珀於是幫大白兔如此介紹。

「第四星區總長，雪雀·瑟列格。」

□

揉著劇痛的屁股，青鳥含淚幫所有人沖泡茶水。

「這屁孩子多虧兩位幫忙了，尤其是琥珀，瑞比特肯定是青鳥白目才出現的東西吧。」揍完人之後又恢復高雅氣質的雪雀．瑟列格，直挺端正地坐在位子上，完全看不出剛剛才進行過凶殘的揮手運動。

「好說，就像您剛剛在宴會上設計我一樣，我不會記恨在心裡。」

經過剛才的四季宴會，琥珀完全明白這女人知道自己家族檯面下有人想鬥翻她。如果今天他與青鳥沒來，這女人肯定也已經安排好人手要給那些躲在暗處的人下馬威，朗布只是個警告，而他們正好就在這時候冒出來，雪雀當然會用外人來修理朗布，同時也吃定事關青鳥，他就絕對會出手。

「當然，沙里恩家是絕對不會對我們記仇的。」雪雀微笑地無視對方帶刺的言語，「不過你幫我省了不少麻煩，這點還是得好好謝謝你，沒想到短時間內你能換掉朗布手上的資料。幸虧你出手，他可撿回一條命；否則，朗布家近期正在培養一支反叛軍呢，我正打算好好處理這件事，先行扭掉繼承人的腦袋讓他上路替家族開路也是不錯。」

在說這些話的時候，女性雖然帶著笑，但眼睛卻絲毫沒有一點笑意，所以琥珀知道她是眞的準備好要殺了那名奧彌家族的人。

「奧彌家的繼承人因爲你而得救了呢，至少他們還能保有一人。」勾起完美的唇形，雪雀接過青鳥端來的茶水，「棕之家與橙之家所做的事情我也知道。」

「他們只是害怕學長的事情被翻出來，才想做點一勞永逸的事，斬斷禍根，好讓白之家不被有心人士動搖。」彩映的態度已經很明確了。棕家與橙家應該和眼前的女性一樣，得知有人想拿青鳥的身世做文章，藉此重挫白之家的威信，所以最好的選擇就是讓青鳥．瑟列格完全消失，再也不可能被其他人利用。琥珀稍微思考了下，開口：「這樣，並不用追究他們吧。」

「既然你開口，那這件事看在你的面子上就算了，我會讓暗殺部隊撤回。」雪雀也相當乾脆，在手腕儀器上點按了幾下。

「……妳要對彩映姊他們下手？」聽出自己母親的殺意，青鳥皺起眉，「他們不是壞人！」

「違背白之家，即是死路一條。」雪雀半瞇起眼睛，淡漠地說：「對白之家下手的人也是死路一條，他們這次僥倖逃過，算是眾神庇佑。」

「所以我才說讓我和家族斷絕，這樣一來什麼問題都沒有了啊！」知道自己的出身一直是個問題，青鳥喊道：「把所有記錄都消除，徹底斷離家族，之後就和你們無關了不是嗎。」

「你想得太美好，即使斷絕身分，你的存在本身就是個問題。『你』從『我』身上離開那天開始，就已經註定會是個最大的威脅。人們對於歷代總長的印象總是完美無瑕，即使結婚生育、交替地位，卸任總長與她的家庭依舊得活在白之家準備的大籠中，繼續徹底扮演完美的神寵之家，活在全星區的眼光與控制下。更別說，你是名無登記父親的私生子，就算斷絕家族、消滅所有記錄，對那些想要拉我下去的人來說，完全不成問題。」不輕不重，甚至連情緒波動都沒改變過，雪雀像是唸稿子般，語氣毫無情感，「對我而言，既然威脅永存，自然容不得你隨意脫離我的監視。」

「我什麼都不想要啊，我可以成為無地之民，進入荒地，這樣永遠都沒人可以找到我，不行嗎？」第六星區不夠遠，他就躲到荒地；荒地不夠遠，他可以躲到更偏僻的自治小島，不用任何儀器也不會和外人連結，青鳥一直希望自己不要再和家族扯上關係。

「當然不行。」雪雀搖搖頭，「我不可能讓任何一點風險出現在世界角落。」

「……既然知道會這樣，當初何必要偷偷把我生下來？」青鳥一直不懂，如果是其他人的私生子就算了，身為一個總長，母親為何要冒風險生下自己，還費盡心思造了個假身分，這根本就是搬石頭往自己腳上砸的舉動啊。

「為何我不能生下你？」雪雀回以問題。

「我——」

「生你是我樂意的事，威脅與風險是我要承擔的事，你只要像先前一樣過自己的生活就行了；至於想對白之家族伸手的人，遲早將受到天譴。」雪雀站起身，看了眼正在跳動光色的隨身儀器，拿起頭紗開始整理儀容。「總之，任何事情都與你無關，你申請的脫離家族亦已解除，不要再動歪腦筋了。」

青鳥無力地垂下肩膀，「我認爲這不是歪腦筋啊……」

「或許在你來說不是吧。」

雪雀離開後，大白兔往窗外看了下，白色護衛隊撤離，弓隊與花侍回到原本位置。

「所以剛剛那是怎麼回事？」青鳥沉默了半晌後，抹抹臉，轉向坐在一旁的弟弟，「宴會上的事情？你是眞的早有準備嗎？」朗布被整的事情肯定是琥珀弄出來的，但要瞬間變出這些資料也不可能，絕對是早就準備好了。

這樣說起來，琥珀應該已經預先知道朗布的事。

「我不知道朗布的事情，但在進入第四星區之後，慣例入侵了下聯盟軍主機。」琥珀聳聳肩，表示很不以爲然，「當然也在機密檔案裡找到學長你的資料，爲了預防萬一，我也下載了一份，後來白家主動邀請我們去宴會很不合理，我就知道肯定沒什麼好事；加上棕家和橙家那麼針對你，所以我就把聯盟軍主機裡的資料給替換了，朗布的也是，他在號稱有證據那瞬間，資料就已經被換完了。」

「……你眞的不考慮征服世界嗎？」青鳥怎麼覺得這聽起來很像茶餘飯後的休閒活動，完全不對啊！

「太麻煩，懶。」琥珀完全沒興趣。

「……」是眞的有辦法征服嗎！青鳥覺得自己啞口無言了。不過好像也問不出更多事情，他只好默默就此打住，接著才想起來大白兔還在旁邊，轉過頭就看見從剛才開始便一直保持靜默的大白兔正巴巴地望著他們。「呃……抱歉大俠，我想這件事就讓我從頭到尾好好地告訴你吧。」

「如果你願意說，在下願發誓絕對不向外透露出任何一字。」謹愼地行了個禮，大白兔迎上前，在桌邊坐下。

讓琥珀將隔音系統設置到最高等級，順便把窗簾等遮蔽物都放下，青鳥才在另一邊坐下。

「這件事，要從二十年前說起了。」

□

當時，雪雀．瑟列格接下當家總長之位已經四年。

神之星區的總長與其他星區完全不同，因受到神的眷顧，候選者必定要從白之家選出，祀奉神務的任務也由白家行使負責。所以白家候選人自小都受到非常嚴格的訓練。

「我母親就是在那堆人裡被細選出來的，中間那些爭鬥就省略了，反正最後就是她成爲新的總長，在第四星區又有另外一個說法——『白之聖女』。因爲這個星區的總長不但要統領整座星區，同時也是代表『諸神』發言與照顧百姓的人。」

換句話說，第四星區的總長既是大神官也是王者，她統領聯盟軍至百姓，也擁有眾神殿。

「就像瑟列格當家說的，這個地位被眾人擁載，但同樣也會被嚴格檢視，百姓無法接受神挑選的統治者有一絲瑕疵，即使退下總長之位、生兒育女，依舊要活在檢視下，因爲她們仍揹負神的名譽。」琥珀邊說著，一邊解開身上繁重礙事的禮服，四下尋找可以替換的簡便服飾。「就算躲到其他島嶼，百姓還是會費盡心思、耗用大量人力、財力打聽前任總長的消息；並無惡意，全都是出自『關心』與『敬仰』。」

「在下了解了。」雖然對第四星區並沒有那麼關心，不過大白兔本身也是阿克雷的信奉者，以信徒的角度看，的確可以理解「其他信徒的冀望」。這與其他事情無關，人們只是非常純粹地希望聖女代表完美的「神」，即使離開，也同樣不辱「神」之名譽。然後，信徒與百姓能夠與有榮焉。

也就是如此，所以在大戰時，整個星區的人才會上下一心付出生命，成為七大星區中最強悍的可怕神名軍團。

「宗教軍團這種事情是雙面刃，只要成功得到百姓的心，即使要他們下地獄燃燒靈魂他們也願意，甚至讓他們自己點燃火焰都可以。相反地，如果讓他們認為首領做出背叛之舉，或是破壞了神賜予的純淨，那反撲之力幾乎也同等劇烈。」琥珀頓了頓，轉回身：「這也就是今天朗布為何要特別強調『背叛』的原因。」

「啊，難怪他一直這樣鬼叫。」青鳥拍了下手，恍然大悟。

真想把這狀況外的矮子抓去撞地板，琥珀按著對方的腦袋陰森森地開口：「學長，這好像是你的家務事……」

「咳咳，抱歉抱歉。」覺得自己腦袋好像快被那五根漂亮的手指掐爆，青鳥連忙從虎爪底下逃出來，「總之，我從母親那邊聽來的是：二十年前，她在第四星區慶祝『降落日』時認識外來的訪客，之後就那啥……偷偷談起戀愛，後來對方因爲經商關係來來去去第四星區幾次，最後肚子就大了。」自己揭母親的情史，雖然是短短幾句帶過去，但青鳥還是有點尷尬。

「……」大白兔覺得聽起來沒什麼問題，這種極度老梗的戀愛方式在全世界大概一年會發生個不下百次吧——不過發生在第四星區總長的身上應該就是天大的問題。

「我聽說那個外來訪客很希望我母親跟他一起離開第四星區，結果被拒絕，之後也不知道發生什麼事，總之就像之前說的，我被登錄在已故神官名下，作爲白之家的一員，後來被送到第六星區生活，家族會按時匯來費用，大概就是這樣了。知道這件事的應該只有幾名與我母親較爲親近的人，例如漪蔓姊、彩映姊，以及當初保護我到第六星區的瑞蒂媽媽，大多數人應該都只以爲我是總長以白家名義收養的眾多義子之一。」所以當時被追殺，青鳥眞的很摸不著頭緒，他還以爲是白家、甚至是總長想一勞永逸，但又說不通，現在才知道是因爲檯面下鬥爭的關係。

「朗布的確非常明確指稱你就是總長的親生孩子，這祕密已經被流出去了，改變資料不能堵住他們的嘴，他們一定會再做其他事證明總長和你的關係。」今天在宴會上，琥珀知道對方完全是針對他家這愚蠢的學長，絕對有備而來。

「奇怪，如果彩映姊她們殺我是爲了保全白家的名譽，那她們就沒有說謊。這樣昨天那個機組到底？」

琥珀嘆了口氣，「你沒發現，今天在討論謠言的是哪些人嗎？」

「嗯？很多商隊跟商船？」青鳥沒漏聽那群商人炫耀自己家的船比較大條的事。

「當初告知我們棕家想要推翻白家的人又是誰？」這麼簡單竟然也猜不到？

「金之家的唐梅……啊！靠！」青鳥整個跳起來。

「眞正反叛的是金之家，他們把謠言流進商隊中，想要藉此動搖第四星區的財務系統，只要全部商隊不信任白之家，那瑟列格家族的財務就會很危險。數百年來掌控商業運作的金之家立刻就能掐住家族的喉嚨，昨晚試圖攻擊很可能就是想要抓你當人質，進一步得到籌碼……我們得快點遠離第四星區，這是對瑟列格當家最好的做法。」事情至此已經很明確了，琥珀不認爲他們能繼續待著，金之家的反叛肯定也有其他人介入，所以他們當時在芙西上的行蹤才會曝光，唐梅才會找上門。

「在下也認爲必須盡快……」

大白兔的話還沒說完，房屋的防禦系統突然發出警報聲。

接著，第四星區的軍團頻道也緊急要求所有民眾進入建築物中，警報未解除之前不得任意離開所在地。

「發生什麼事了？」大白兔抖抖耳朵，不知爲何覺得好像聽見空氣中傳來緊迫的低鳴聲響，而且是從外面傳來的。

正想問問另外兩人，他就看見青鳥的臉色鐵青得十分可怕，好像看見什麼極驚人的事。

青鳥什麼話也沒說，完全無視警報，一甩開門便衝了出去。

但他並沒有走得太遠，只踏出了幾步就被守在門外的弓隊攔住，幾名女性絲毫不客氣地架住想要離開的人。

「放開！一定要阻止她！」青鳥死瞪著天空，用力推著弓隊，「大俠！幫我！拜託幫我！」

從沒聽過青鳥這樣驚恐的喊叫，大白兔心裡一驚，反射性衝出去對上弓隊，一擋一格借力翻飛其中幾名女性護衛，讓青鳥得以有空隙掙脫。

見狀況失控，兩名花侍也立刻加入戰鬥。

看青鳥想要脫離這個地方，確認了行動目的後，大白兔再度拿下一名女性，並將她甩至其他同伴身上，藉此絆住更多人。一得到機會，青鳥馬上發動高速，衝出了白色花園，一下子便脫出很遠。

「快追！」遭纏住的弓隊與花侍也不戀戰，立刻變換隊形，離開戰鬥位置往青鳥的方向追去。

幾乎是下意識，大白兔轉向站在門口的琥珀。

「請幫幫學長吧……雖然來不及了。」看著空中，即使是在遠方，琥珀也能看見搖遠處的天空捲起了白色的環形氣流，從那裡出現了淡淡微弱的光芒。

大白兔跟著看了眼天空，然後急速追上那些弓隊。

就在兔子與弓隊完全消失的數秒後，傳遍第四星區的轟隆巨響震動了天際，白色氣流像是重槌般瞬間重重捶穿了遠方的地面。

直到巨響停止、天空再度恢復寧靜的數分鐘後，琥珀打開了儀器，看著第四星區的地圖上消失了一個家族領地。

「我救了奧彌家的繼承人，而妳消除了整個奧彌家族……嗎？」

□

「妳毀了整個奧彌家族！」

琥珀抬起頭，看見上午那名叫作朗布、理應被驅逐出去的男性就站在花園入口，剛才引起的騷動似乎正好讓這人連躲藏都不用便能直接進到這裡。他看起來非常狼狽，臉上、身上全都是被狠揍一頓的傷口，連原本為參加宴會而精心挑選的高貴服裝也殘破得讓他看起來像是拾撿貴族破衣物的流浪漢。

「你要是那時候因為誣陷總長，而被就地處置的話，奧彌家族就不用接受聖女的裁決吧。」琥珀關掉了地圖，淡淡說著：「你原本最後的舉動，是想發動剩下的機組刺殺瑟列格總長？」這樣，他就會順理成章地被當場抹除，這些動作就會被解釋成他的個人行為，很可能連訓練那支叛軍這件事都會推到他頭上，為了他的死亡而戰之類。

既然他沒死，奧彌家族就會被列為共犯。敢質疑與反叛神的人，就會遭到相等的處罰。

「……既然知道，妳根本不該插手，妳害死了整個奧彌家族。」朗布憤怒怒吼，「雪雀．瑟列格根本沒資格擔任總長，她才是眞正背叛第四星區的人！我們是為了神的正義而戰！」

「這是金之家告訴你的？」稍微退入屋內，琥珀打算在對方衝過來之前先把門關

上。他的徒手戰力可對付不了剛失去整個家族而陷入狂暴的人。

「哈……金之家甚至舉證了神器已流落在反叛軍手上……」快了一步衝上前卡住門，朗布一張臉充滿了淚水、血液與瘋笑，「我們才是眞正捍衛『神』的人，只要雪雀．瑟列格被拉下來，奧彌家族的犧牲就有意義了，整個奧彌家族爲了正義而亡，所有人會永遠記得！」

完全不敵失去理智的人的力氣，琥珀硬生生從門後被撞開，甚至踉蹌摔倒在地，「世人不會記得奧彌家族，因爲你們被利……」

「我知道妳是誰！」打斷了對方的話語，朗布用力關上門，然後慢條斯理地把一些家具踢倒在門後，堵住出入口。「金之家的人查探過你們的身分，你們全部都是一夥的……只要是反叛神的罪人，都應該受到神罰！」

按著地板翻起身，琥珀立刻拔腿就跑。

但他也僅只跑出了幾步。

一開始其實並沒有什麼感覺，就是好像某種冰涼的物體貼上他的背後，然後是溫熱與濕潤的布料貼在背脊上。

「這是妳應該對整個奧彌家族與正義付出的贖罪。」

冰冷的語氣吐在他的耳後，朗布的手環過琥珀的脖子，持刀的手緩慢轉動著刀柄，接著是第二刀、第三刀，機械式地重複相同的動作。

「贖罪、贖罪、贖罪、贖罪、贖罪、贖罪、贖罪、贖罪、贖罪、贖罪、贖罪、贖罪、贖罪贖罪——」

那時他是眞的覺得自己欠到死都還不完，結果原來都快要死了還是沒還完，渾蛋。

「呵……」

聽見冰冷的笑聲，原本瘋狂揮刀的朗布突然瞬間冷靜下來，像是有人朝他潑了整桶的冰塊般，讓他停下動作。

「抱歉……恐怕……我連奧彌的繼承人……都沒救到……」

朗布愣愣鬆開手，在前面的人倒地後，他才意識到自己的胸口不知什麼時候插了把匕首，還是罕見的系統武器，現在就這樣插在他的左胸，貫穿了心臟。

聽見奧彌家最後一人倒地的聲響，貼在冰冷地面的琥珀慢慢睜開眼睛，感到全身疲憊，連手指都無法移動。

這是瑟列格當家同樣已經預見的後續吧。

毀滅整個奧彌家族，還未回去的朗布立刻會陷入失去理智的狀態，屆時什麼都會說出口，什麼也都做得出來，包括直接找上「始作俑者」復仇。而殺害白家的貴客，同樣是死路一條，甚至會得到更殘酷的死法。

不管琥珀動不動手，朗布都已經無法得救了。

貼身儀器發出細微的聲響，提醒他掃描到屋內藏有極度高階隱密的盜錄系統，不論是他們或是朗布的話，應該已經確實被收錄了。

然後，雪雀．瑟列格就會得知反叛的是金之家，由奧彌家的繼承人親口說出，即使沒有證據、也根本不需要證據，金之家的人就會遭受到嚴厲的警告和處置。

雪雀知道眞正想推翻她的是誰，她也的確有在處理。

「果然欠你們欠到死……」

第十一話▼▼▼背叛者

「小茆？」

猛一回神，小茆才發現自己竟然在等待車輛時發起了呆。一旁的庫兒可猛拉她的衣角，「車來了，甦醒喔～」

拍掉庫兒可的手，小茆拎著小女孩，等待動力車的駕駛打開車門，然後再把女孩扔進車裡。

「黛安。」對著前座的友人露出微笑，小茆順口爲對方介紹一下新人，「這是庫兒可，撿來的，妳店裡缺幫手嗎？」

「嗯？如果這小姑娘夠勤勞，包吃包住還有工資。」也不是第一次被問這種問題，以前月神組織也有撿到或救出人的狀況，都會交託她代爲安排處理，所以黛安很自然地回應，「態度優良還有按月獎金。」

「我做！」庫兒可馬上報名職缺。

「都還沒說是什麼工作呢，難道下坑道抓老鼠也做嗎。」小茆看著毛躁的小女孩還是直搖頭，雖然一路上小跳蚤的態度優良許多，甚至幾次還因爲想看「月神」而央求自

己，表現得服服貼貼的，但是那種隨時跳來跳去的問題個性還是存在。

像不久前離開潛水船回到岸上，一看到第六星區港口，庫兒可也是鬧著直說想到處逛逛，不過後來發現港口還在封閉才打消念頭。

「總之，妳們不會又叫我掀裙子等男人吧，那掃地抓老鼠我都做啊，有得吃住就行。」咧出大大的笑容，庫兒可一屁股坐回後座，然後扳起手指開始數算，「而且有工資耶，我想要跟琥珀一樣有那些超帥的儀器，你們那種不會溺死的防具，還有漂亮衣服啊、化妝打扮……當然也要吃得飽飽的。」

「聽起來似乎會是很勤快的員工。」黛安倒是沒有小茆那種無奈的表情。既然對方連抓老鼠都有熱誠，那麼在店中幫忙些事務應該不成問題。「既然是小茆託付的，看妳也是能力者，我會在工作之餘從頭開始教導妳一些武術，當然前提是妳有興趣。」

「有！我有興趣！」庫兒可連忙又往前衝，抱住黛安的椅子，「可以變得很厲害嗎？就是可以取代掉青鳥，然後保護琥珀那種厲害？」

「……妳對那個臭臉琥珀有意思？」之前抓住青鳥一起聊天時，小茆還聽說他會巴人巴假的，竟然這小女孩會看上那傢伙？

「並沒有！他叫我野貓耶！那人多沒禮貌！竟然叫我野貓耶！也不過長得比較能看

一點，就可以這樣亂叫人嗎！我眞想快點學好武術，揍扁他！」一想到那種冷嘲熱諷的嗓音腔調，庫兒可就漲紅臉暴跳，「我是個什麼都沒有的小孩耶！還在實驗室被噁心那麼多年，他應該要安慰啊！」

「實驗室？」聽見敏感的字句，黛安啓動了車輛自動控制，然後將座椅調反方向，正對著身後兩人，「小茆，妳去了哪裡？」

她接到通知時，以爲小茆可能又去哪個地方執行處刑者任務，很可能是揍爛一些聯盟軍或強盜什麼的；總之小茆沒有多說，只告訴她多了一個小女孩，希望她先盡快送她回家，有急事得當面和阿德說。

「她去了VT8啊。」小茆還來不及攔阻，一旁的庫兒可已反射回答黛安的問句，「還有其他人，可猛了，直接把那些垃圾號稱金鋼不壞的VT8弄到連鬼都不想住了。」

「小茆？」

黛安瞇起眼睛，「阿德薩說過，不論如何，都不希望妳們重返……」

「沒有『們』，只有我去，露娜根本不知道這件事情，蕾娜也不知道，我拜託小鳥和琥珀幫忙的。」知道這些事情不可能瞞得住，小茆乾脆自己先全盤托出。「黛安，妳是知道的，阿德的狀況不能再拖了，他死了，露娜一定也會跟著死，我是絕對不允許這

種事情發生，他們一定要得到幸福才行！」

「……我理解，我也曉得解藥很可能要找到舊世紀實驗室才能做出來。」對於污染源，曾經擔任研究團隊護衛的黛安也略知一二，有些污染源很可能在新世紀無法得知，因爲現今科技有各種限制，而舊世紀在戰爭中遺失了許多古老樣本，現代也沒有相應的物品可作爲比對，就只能尋找失落的那些古老科技來加以協助，「但是爲什麼妳會突然找到實驗室？」

「這個我會慢慢再告訴妳，總之我們的猜測是眞的，在VT8裡做出了解藥樣本……這次一定不會有問題！」握住了黛安的手，小茆有些激動地說著：「我好興奮，想要快點回家告訴露娜這個好消息，這次肯定不會有問題了，只要將這批樣本大量製作，阿德絕對能夠恢復成健康的模樣，然後他與露娜就再也不用當『月神』，他們要像一般人一樣過著快樂的生活——早上一起在花園散步，下午去公園讓小狗散步，對吧……爲什麼這車的速度這麼慢呢？」她眞等不及快點把解藥交到露娜手上，然後她們肯定會抱在一起尖叫，又哭又笑的，接著被阿德臭罵一頓她擅自去那種地方。

無所謂的，肯定怎樣罵都無所謂。

她要聽阿德罵她一個禮拜，絕對不還口。

「放心，我們很快就會到了。」看著女孩激動泛紅的面頰，黛安溫柔地伸出手，環抱著纖細的少女，輕輕在她背上拍了拍，「到時候，我會給你們做蛋糕慶祝，上面放著很多的水果，中間夾著好幾層的布丁，配上最好的蘋果茶，肯定很誘人。」

「嗯……」

動力車在進入郊區後，以驚人的速度飛刷過草道。

「妳們眞好。」

鑽到前座後，庫兒可有點羨慕地看著黛安，以及後頭抱著裝有解藥箱子、這時正看向窗外的小茆，「要是我家人也和妳們一樣好就好了，我家人因爲一點錢就把我賣給別人做奴隸呢，明明我能幹粗重的活兒，去給別人抓老鼠擦地板都可以的……妳知道嗎，我被賣去伺候男人時，還眞想過我家人會像街上小孩形容的處刑者一樣，會打破門板，把我救出去呢。」

結果，直到她被抓進實驗室，都沒有等到家人來救她。

「不過我習慣了啦，反正別掙扎，努力討好那些人日子就會好過點。」

「妳自己也知道那是欺騙自己。」

庫兒可回過頭，看見小茆漂亮的眼睛直勾勾望向她，然後傳來聲音：「那都是騙自己，所以想殺死他們，即使他們眞能逃到星河的彼端，也一定要殺光他們，一個一個地點算清楚，直到最後一人嚥下口氣，這一切才算結束。」

「是……殺光所有人才算結束。」庫兒可淡然地回應：「殺光實驗室的垃圾，殺了商人，殺了騙我的人，殺掉那一個個付錢拽我裙子的人，最後一個都沒有了，才可以好好睡個覺。」她只要一閉上眼睛，夢到的絕對都不是她渴望的大餐、家人，而是一再重複的大量男人面孔，有的長得根本不像人，像是畜生。

「我無法勸說妳們停止這些念頭。」看著兩名同樣散發出仇恨殺意的女孩，黛安也只能如同往常般摸摸她們的頭，說道：「就是希望，妳們眞能得到妳們應得的美好未來。」但是那未來絕對不該建立在血腥上。

多年前，她與阿德薩同樣勸過小茆，至今如此。

一直到現在，除了當初將她們帶出來的阿德薩以外，小茆和露娜幾乎完全無法接觸成年男性，甚至極度厭惡到病態地步，這也全都是無可奈何的事情。

有時候黛安會覺得，知道這事情的亞爾傑其實是眞心對小茆好，寧願嬉皮笑臉激她不斷揮拳發洩壓力，也不讓她將厭惡憋在心中。

當然，青年經常手斷腳斷臉腫腰歪也不是什麼好事。

動力車轉進小城鎮時已經進入深夜。

「對了，待會實驗室的事情就讓我開口吧，妳們……」

即將靠近小茆住處，正想要和兩人討論一下如何好好告訴阿德薩關於VT8的事情，黛安才剛開口，猛然從右側撞上來的巨大力道當場將她們的動力車給撞飛出很遠。毫無預警、車輛系統也沒發出任何警報聲，就這樣偏離車道直接撞上附近的大樹。

「搞什麼！」

被撞得七葷八素的庫兒可甩著腦袋翻起身體，還沒查看身旁兩人狀況時，眼尖地就看見剛剛衝撞她們的黑色大玩意竟然又整個往這邊衝來，直接抬起手破口大罵：「我操！不給點顏色瞧瞧，還真的想趕盡殺絕了！」

可能沒想到車上會有「地裂」，衝撞過來的不明物體在土牆從地面掀上來時並沒反應過來，紮紮實實地一頭撞上，發出巨響。

庫兒可用力闔起手，看著外面的土牆向前彎折，直接包夾住攻擊物，周圍再掀出更多的土牆，瞬間將對方團團困住。

「還有其他人。」敏銳地嗅到空氣中傳來的血腥氣息，黛安從車座下拉出一對長

刀，直接扣到腰後；同時試著聯繫可能會在家中的阿德薩與露娜，但並沒有收到回音。

不知道爲什麼，小茆突然有種不祥的感覺，連忙打開車門，一踏出動力車，立即發現車外有不少匿蹤者躲避在暗處。

「妳家在哪裡啊？」同樣發現不太對勁，庫兒可跟著跳下車輛。

「快到了，這條路盡頭的山丘上就是。」同樣無法與露娜兩人取得聯繫，小茆更覺得不安了，急忙聯絡蕾娜，迅速接上後，蕾娜告訴她，就在青鳥他們離開當晚，露娜與阿德薩也已經返家，那天深夜「月神」還曾出動過。

「庫兒可，妳可以先和小茆回家嗎。」看著車前巨大的土團，黛安確認小女孩的地裂能力足以保護兩人，「車裡還有其他低能源武器。」

「免了，那些東西我也不會用。」根本沒有學過太多科技物品的操作，庫兒可伸出右手，在這種充滿土地的地方她反而可以發揮最大的力量，和實驗室那裡有限的人工土地不同，她在這裡感覺到源源不絕的土壤回應她的呼喚。

小茆深深呼口氣，映照月光，瞬間轉換爲月神型態。「黛安，這裡就麻煩妳了。」

「小事。」黛安揮揮手，抬抬下巴，「快去。」

「走吧。」

讓小茆拉著，庫兒可從土地裡翻出許多石塊，乒乒乓乓地打在各處，打出了不少藏躲在暗處的傢伙們；接著翻開地皮沙土，大量黃沙在空氣中捲開成爲屏障，替她們割裂出一條乾淨無人的通道，「這邊。」

拉著庫兒可快速往家門方向衝，越向前，小茆看見越多追兵被隔離在沙牆外，雖然穿得都是無標記的衣物，但可以看得出來這些人訓練有素，並不是一般強盜。

更奇怪的是騷動如此之大，小鎮竟然完全沒有人出現，黑暗的屋舍就連點亮燈光察看的動作也沒有，完全感受不到鎮民的存在。

「渾蛋！」接近山丘時，庫兒可明顯感覺到有另外一股力量衝擊她的屏障，「有別的能力傢伙出現了。」

「解除妳的能力，躲到我身後。」半飄浮在空中，無心戀戰的小茆抬起手，在掌心中聚集起大量的金色微光。

散掉沙土，庫兒可連忙躲避到女孩身後。

短短幾秒，她周圍的光變得相當強烈，等光削弱後探頭偷看，地上已倒了不少人。

小茆彎下腰，扯起其中一名，翻出正在運作的隨身儀器，「……聯盟軍。」握碎手上的儀器，她立刻用最快的速度衝上山丘。

總之，有露娜在的話一定會沒事吧。

然後，她看見黃色的小花海，搬到這裡時，她和露娜、阿德都很喜歡的小花海，現在被踐踏得一片凌亂，不明的腐蝕液體將花草融禿一大塊。

「露娜！」

甩出了微光，放倒朝她衝過來的白衣士兵，身旁的沙土翻起已全然與她無關，她不在意後面的庫兒可有什麼動作。踩上了木製階梯，用力推開門，小茆恍惚的精神在屋內傳來濃烈血腥氣味時變得極度清晰。

她看見一組白衣女子站在她家裡，所有家具都被砸得混亂殘破……她和露娜發誓過不會在新家亂砸的。在那些破碎的物件上，有不少斑斑駁駁的血跡，紅色的、黑色的混在一起，還有污染者特有的遭污染的異色血液。

「小茆？」

聽見聲音，小茆緩緩轉過頭，看見亞爾傑站在廚房前，臉色相當訝異，他的臉上、衣服上都是血，人的血、污染者的血，同樣染血的雙手環抱著阿德薩，而露娜倒在他腳邊，插著短刀的胸口已毫無起伏。

那些白衣女子中有不少人像是被巨力攻擊過，有的手或腳呈現不自然的折斷扭曲，有的受到迷幻的影響，失去意識倒在地上——她們確確實實與露娜交過手。

「你欺騙露娜下的手嗎？」

露娜是絕對不可能讓陌生人短刀近身的，就和她一樣。

想要制住月神是難如登天的事，露娜肯定是發現有人入侵之後奮力抵抗，要帶著阿德離開，然後出現了會讓他們喪失戒心、以爲是幫手的人。

「……」

「你就這麼討厭我們嗎？」小茆伸出手，微光迷暈了揮刀要往自己砍過來的白衣女性，「因爲我和露娜害得阿德變成這樣，讓阿德痛苦，害得你最好的朋友無法過正常生活……但是我已經找到解藥了……已經找到解藥了……」

「小茆，離開這裡，不然我也得對妳動手。」亞爾傑淡漠地張開口，冰冷地看著正在發光、像是月亮般的女孩，她緩緩朝自己走過來，應該說，是朝著露娜走去。越過他，女孩美麗的身軀就在與她相似的女子身邊蹲下。

小茆顫抖地伸出手，撫著露娜白皙的臉頰，上面還染著血。「露娜不能沒有我，我也不能沒有露娜，我們一直在一起的……從一開始我就跟妳在一起，說好了我會在妳身邊，不管那些人要如何我都會保護妳……我怕妳要先走，所以怎樣都要找到解藥……我找到解藥了啊……」

看著地上的小茆，亞爾傑牙一咬，偏開頭喝道：「將多餘的人趕走！」

「——把露娜還給我！」

□

庫兒可猛然回過頭，原本正在用土牆抵禦越來越多的敵人時，就聽見屋裡傳來極爲淒厲的尖叫聲。

她認得這聲音，父母拋棄她的時候，她也這樣尖叫過。

然後是一陣強烈的金色光芒急速從屋內爆出。

還沒反應過來發生什麼事，眼前突然有黑色的物體掩住她的眼睛，同時傳來冷淡的話語：「不想瞎就別看怒光。」

用力以雙手遮住自己的眼睛，庫兒可周圍傳來很多痛苦的哀號聲，似乎很多人沒有避開那陣光。指縫中的亮度還未減弱，她就感覺到身邊幫她遮眼睛那個人旋身離開，好像是進了屋子裡。過了半晌，光芒開始減弱，直到眼皮感應到的光消失後，她才睜開眼睛，果然看到不少人倒在地上摀住雙眼，甚至還有人流出了血珠。

庫兒可罵了句髒話，趕緊趁機衝進屋子，這才看到剛剛她身旁傢伙的模樣——全部都是黑，上黑下黑，臉部也是一塊黑布，根本看不出青菜蘿蔔。

屋子裡也有兩、三名女性的眼睛流出血液，不過好像比外面好一點，這裡被光爆到的人並不多，八成都有準備。

站在屋裡發光的小茆變得怪怪的，不但頭髮白到都透光了，連一雙眼睛也變成紅色的，死死瞪著手上拖著個屍體的青年。

「喂！外面的人變更多了！」庫兒可看出窗戶，發現人數翻倍了。

「沒關係，我會殺光他們。」

小茆抬起手，看著自己的手指尖端變得有些透明，冰冷的皮膚上凝結出一絲霧氣，在指尖上凝結成霜，她緩緩指向眼前的亞爾傑，「一個不留。」

「雖然很想說，只要妳高興，做什麼都可以……但現在沒辦法了。」注意到有個不知哪來的小女孩，亞爾傑瞇起眼睛，「我不是什麼都沒準備，爲了妳好，快點與伊卡提安離開這裡，聯盟軍已包圍這區，你們應該不想在今晚全部敗在聯盟軍手上吧。」

「試試啊。」

小茆面無表情地森冷開口，再度看了眼地上的露娜，「你們殺了露娜就是殺了我，那麼就全部一起陪葬吧。」

「妳並不是露娜，妳也不用和她一起死，離開她，妳可以過自己的生活，從一開始就應該這樣。」亞爾傑抓住小茆的手，無視那些冰霜爬到自己手上，說道。

「我是露娜啊。」

小茆回過頭，露出毫無笑意的淡淡微笑，輕輕看了眼庫兒可，「妳只有向那些人獻寵而已……但妳不知道那些人是怎樣對待露娜——他們很喜歡露娜，因爲她的能力很美，比妳更小就被盯上，雙胞胎裡的女孩第一次顯露月神能力後，立刻就被人抓走。」

他們說，那是「寶物」。

就像把月亮給摘下來，用最堅固的籠子鎖起，只讓最有身分地位的人伸手觸及。

月神能力無法汲取，實驗也做不出相同的效果，檯面下幾個富商貴族出手金援，暗地裡源源不斷供給實驗室一再實驗，直到最後，實驗室終於做出成果了。

他們複製了月神。

前代科技在最頂尖時期的基因技術造就最神奇的年代，同樣也讓他們重現了一模一樣的複製月神。

而且可以訂製。

他們製作時將複製體設定在完美的少女模樣，沒有幼兒時期，將來也不會有成年時期，只會死去不會變老，完完全全就是那些人最喜歡的樣子。

第一個實驗體睜開眼睛時，腦袋裡已經有被預設好的記憶和語言，她知道自己是實驗體，也知道他們將自己製作出來的原因，然後那些人把她和幼小的本體關在一起，爲了讓出資者看看這美好的成果。

阿德薩並沒有讓他們有機會再做第二個實驗體。

「我就是露娜。」

從那之後，得到另一個名字的小茆看著同樣清楚這些事情的亞爾傑，「所以我知道露娜有多害怕，我發誓過一定會保護她，我就是她，所以我一定要讓她得到幸福……她必須永遠和阿德在一起，他們要永遠快樂地生活，這樣我來到這個世界上的錯誤才能夠得到原諒……露娜才不會用看怪物的眼光看我……」雖然露娜沒發現，但是那時幼小的女孩第一次看見自己時，露出的驚恐懼怕眼神，直到現在她都無法忘記。

她害怕自己。

因爲自己是她極爲恐懼下的反自然產物。

不過小茆一直努力地陪伴女孩，不讓那些人再度侵犯她。爲了女孩，她可以不害怕地接受任何事情，因爲小茆就是露娜，所以小茆不論如何都要保護她。

之後看著她長大，然後她們一起被救出，她看著露娜繼續長大，和蕾娜重逢，和阿德成爲夫妻，他們將不會改變的她登記成女兒，接著一次又一次地搬家、僞造身分、搬家、再僞造身分記錄。終於，他們可以像一個家庭般過得很快樂。

漸漸地，露娜鼓起勇氣，牽著她的手逛街、購物，說很多只有她們知道的小祕密，一起成爲月神，一起砸屋子，一起被阿德罵，而蕾娜也待她像第三個姊妹般，不時約她出來下午茶。

這樣的生活其實很不錯。

最後，小茆確認自己只要再幫露娜（自己）做一件事，露娜就可以忘掉那些可怕的事，永遠和阿德幸福地一起生活。

「所以我也知道，妳打算在阿德和露娜得到解藥之後，把自己毀滅掉。」靜靜地看著女孩，亞爾傑露出苦澀的笑容，「寧願妳花一輩子的時間揍我。」

「我要殺死你。」

十數名白衣女性同時擋在亞爾傑身前，完全隔離小茆與青年，也分開了他們的手。

「他們有壓抑能力者的第三類能力者。」站在一旁的伊卡提安低聲說道。

「伊卡提安說的沒錯，還有，黛安應該也撐不住聯盟軍的大部隊攻擊……」

「多說無益。」不打算顧及任何人的性命，小茆現在只想把所見的一切都毀去，折斷所有人的頭部，讓露娜在星河上不會寂寞，「你……嗚——！」

原本正要大開殺戒的女孩突然失去所有力氣，閉上眼，軟軟向後倒去。

站在後方擊昏對方的伊卡提安順勢接住開始退去能力的月神，轉身離開亞爾傑。

剛剛才聽見小茆這些隱密的庫兒可一時反應不過來，看那個黑衣人抱走小茆，她也趕緊跟上去，走了兩步停下來，回過頭，看著那兩具男女屍體。

那就是小茆的家人？

「屍體妳帶不走。」

瞪了被聯盟軍保護在後面的男人，庫兒可放棄瞬間興起的念頭，轉身跟著跑了。

通過外面布置的人手，得知伊卡提安的確將小茆和黛安帶走後，亞爾傑才整個人跪倒下來。

一摸有暖熱感的嘴唇，才發現全部都是血，大量鮮血從他喉嚨湧出，伴隨著極度灼熱的痛感蔓延到胸口、腹部。

「主人。」數名白衣女性立刻跟著在他身邊屈膝半跪。

「沒事，被剛剛的怒光震到。」

就說非能力者很吃虧，一般人只能羨慕他們，亞爾傑看著手上的友人，以及躺在旁側的露娜，「屍體歸我們，月神的情資歸聯盟軍，走吧。」

「是！」

《兔俠　卷五・背叛者》完

番外▼自己

這個世界，是從「她」而開始。

對於那些歷史、母星、初代人類因何到達這裡，對新世界抱持著怎樣的冀望和訴求，都與她無關。

非自然之物，又該怎麼和那些血脈相傳的人類一樣擁有起源？

如果是神的應允，她實在不解爲何神能允許自己用這種方式出現在世界上。

或許是神承認了這些技術，也或許是神讓他們思考以另一種途徑延續人類的生命。

否則，爲何沒有神施以懲罰？

即使如此，她還是想要保護「自己」。

因爲保護了「自己」，她的心才能完整。

□

她睜開眼睛時，所見之處全都是白。

銀白、空白，什麼也沒有的白，就連她自己都是空無一切、赤身裸體毫無記憶的白。

接著，被設定好的資料慢慢地在腦袋中清晰起來，包括她的編號、設定說明，以及她的複製本體……她是被複製出來的，所有的一切都不算奇怪，很自然地就被接受，因爲她生來所知的就是如此。

十五歲的外表，沒有幼時、未來也不會成長，被固定在不會變動的基因體質，唯一會變化的就是等在盡頭的死亡。

設定中，她絕對服從造物者。

所以，當實驗者進來時，她並沒有抵抗。

實驗者帶著她對那些出資者展示時，她也沒有抵抗。

因爲她就是被複製出來的物品，她的理解即是如此，所以也並未覺得有何不對。

理所當然，她認爲「本體」也相同，因爲她就是「本體」，而「本體」就是她，並無任何不同。

她們應該會處得很好吧。

實驗人員說她們就像一對世界上最難得的珍寶，只要女孩再長大一些，她們就會成爲這個實驗室裡最傑出的作品，其他實驗室肯定沒能比他們更好。

那時，她並沒有正式的名字，研究人員都叫她小露，源自於她的本體「露娜」。露娜是第二類能力者中極度稀有的「月」之能力者。

月之能力者從未自然出現過，僅在數百年前中曾有記載以人工的方式改變基因培育，所以在「某人」發現露娜與雙生姊妹很有可能是罕見能力者時便盯上她們，直到月神的力量顯現出來、將其帶走。

原本實驗者們打算取露娜的基因樣本加以製作，然後將其他人也改造成同樣的能力者，不過這個計畫一直無法順利，取出的樣本不是立即死亡，就是毫無作用，根本無法培育。

所以，他們決定改用另一種方式。

於是，第一代的小露就這樣被複製出來。

因爲實驗者們植入的資料，她也一直認爲本體與她的心思相同。

所以，她完全沒有預料到，那小小的本體會用看怪物的眼神看著自己。

一開始，她並不理解本體露出的表情與目光所代表的含意。因爲沒有人教導過她，被植入的記憶資料中也沒有相關的訊息。

她就是覺得對方小小的，雖然樣貌與她很相似，但就是小小一隻，看起來……有點可愛？

實驗者們常常誇獎她的話，似乎更適合用在本體身上。

小小的，很可愛。

「那麼，小露可以和本體在一起嗎？」

那個小本體蜷縮在白色房間的角落裡，她並沒有多想，爲了達到自己的目的，於是向那些實驗者討好說著。

考慮到複製品與本體可能會有進一步的共鳴，在可獲得更多資料數據與讓出資者們看看這美好光景的前提下，實驗者們於是答應了複製品的要求。

原本，她以爲本體應該會和自己一樣高興。

但是本體只給她兩個字。

「怪物。」

「怪物指的是那種與我們相異的奇怪之物。」

她認爲這個詞應該如此解釋。

「小露就是露娜，是一樣的。」她露出微笑，在小女孩面前坐下，「我就是妳。」

「怪物才不是，和我一樣的是蕾娜，只有蕾娜才是我。」

「蕾娜？」

對了，本體有個雙生姊妹，雙生姊妹就是長得一模一樣、被稱爲親人的那種東西。

「蕾娜不在這裡啊。而且，蕾娜並不是從妳身上出來的，我才是，所以蕾娜並不是露娜，小露才是。當妳這個年紀時，妳就會和小露一樣了。」

「……到那時候妳就變老了。」小女孩冷笑了聲。

「小露並不會改變，過了一百年，小露依舊是這個樣子。」

「……怪物。」

顯然她們第一次見面並沒有想像中那麼愉快。

爲何會被排斥？複製品不太曉得，所以她想要找找能夠和那個可愛小東西和睦相處的方式。這種時候，應該就像實驗者們遇到困難般，必須開始自行思考吧。

獨立思考，獨立運作，找到破解方式。

關於月神，她只被植入能力相關的訊息，似乎並沒有本體的詳細資料。

從實驗者的房間中出來後，她邊思考這個問題，邊走向自己的房間……不，應該要去「獨立運作」，就像實驗者們一樣，他們都有獨立空間，然後處理各式各樣的工作。

是的，她需要獨立運作的空間。

但實驗者們似乎不願意給她……那倒也無所謂，踏入其中一間個人實驗室時，她露出微笑，運用和露娜一樣的迷幻能力，讓待在裡面的懦弱實驗者也朝著她微笑，沉溺在夢境幻霧中替她找來所需資料，接著沉沉睡去。

嗯，醒來就不記得了。

打開取得授權的機密檔案，她開始理解關於本體的各種資料。

露娜和蕾娜是一處小城鎮的雙胞女孩，似出生在乎很平凡的普通家庭，父母皆是被聘僱於商隊的工程師。「父母？父母是本體嗎？」但父母和露娜可不太像，本體的本體會有這種誤差嗎？眞是奇怪了，這樣發生極大的不同異變結果比較像怪物吧。

女孩們出生後，剛開始並沒有任何問題。實驗者這裡的資料約是五歲左右，其中一名小女孩無心在街道上顯露出細微的能力，通過了聯盟軍的影像，被記錄下來。這份資料接著便被傳遞到某人手上，進入了實驗室。

之後開始不斷被追蹤，各式各樣的影像被儲存下來，直到女孩完整能力顯現的那一日。如往常般，工程師父母不在家中，只有她與蕾娜，還有一名看顧孩子的保母。

保母關掉房屋警備系統，打開後門，許多人闖入帶走月之能力者，輾轉將人給送進實驗室中。

她看著大量的影像記錄與實驗者們的資料，因爲預設好的植入記憶中也有辨識基礎文字的設定，所以她讀得懂露娜的所有研究。

「之後會再有其他的小露嗎？」

她是許多研究中的第一個成功結果，從資料上看來，研究者們已經將成功的複製品作爲初始樣本，目前也開始著手準備做出更多複製品。接著，她在那份資料後面找到了長長的清單，寫了許多名字，上面附註著要設定成怎樣的年齡外貌、植入怎樣的個性。

但是，本體似乎不喜歡啊？

實驗者們可以違背本體的意願製作出更多小露嗎？

她被設定爲要服從造物者，不過顯然創造出小露的是本體才對。「嗯……」得觀察看看。就像實驗者們讓她甦醒後，也觀察自己很久，才讓她走出房間。

散去幻霧能力後，那名實驗者不記得她來過，迷迷糊糊地刪除所有關於她曾進入的影像和資訊。

這讓她開始覺得「獨立運作」也不是壞事，難怪那些實驗者在想事情的時候都喜歡獨立運作，不讓別人干擾。

於是一個個夜晚，她開始在各個實驗室蹓躂，也看到不同於她的其他實驗品，有的

不知道哪裡來的很多能力者小孩蜷縮在好幾個大房間中，有的很強、被束縛了，就同樣小小的，但完全不可愛，反而有些討厭。和露娜一樣，無法完全使用自己的能力，有的很弱，禁不住實驗，就被丟掉了。

得到實驗者們的寵愛，完全不反抗任何事情的複製品一邊獨立運作著，一邊參考這些能力者小孩的反應——他們似乎不樂意的比較多，不像自己一樣，所以實驗者們也很隨意丟棄失敗的、不合作的，還有不知道變成什麼的。

「唔……」

這裡並沒有樂意合作的實驗品，因爲這樣，所以她和別人不一樣，本體才說她是怪物嗎？

不過起碼她知道，本體非常不樂意被單獨拉進實驗者的房間，也和其他實驗品相同，害怕實驗者們的拳腳。她不知道爲何實驗者們常常踢打那些小小的能力者，他們哭得很傷心，實驗者們卻笑得很開心，那種高興似乎只是單方面的事情。

「嗯……」

唯一可以確定的是，得排除本體和實驗者們私下相處的時間，因爲本體不喜歡，必須優先考慮造物者；顯然本體與實驗者們都是造物者，所以她決定代替本體，做本體不想做的事情。

就這樣，一天又一天，在實驗室裡的日子不斷重複著，其他的實驗品也一直變動替換。

那個小小的本體也長大了些，而小露還是一樣，外貌依舊是被設定好的年齡模樣。

□

「那些人這麼噁心，也只有妳這個怪物不怕。」

蜷縮在銀白色房間的女孩看著她，似乎隱隱約約也曉得是對方的幫忙，這兩年話也稍微多了點，只是還不到複製品一開始以爲的親切友好。

「噁心？」她歪著頭，思考著這詞彙。對了，小小的各種實驗品也經常有人罵這兩個字，然後就會被賞一巴掌，有時候是一頓好打，之後實驗者會再把小小的實驗品丟回去。如果那些行爲是代表噁心，「小露也不喜歡。」

有時候，實驗者們也會打她，但不敢在她的臉上留下傷口，身體上的傷也很快用儀器治癒，畢竟出資者偶爾會來檢視，他們不敢像對付那些小小的孩子那樣對自己動手，但也不表示他們不會動手，她受過很多表面上看不出來的傷和痛……後來她才知道那叫痛，非常討厭的感覺，會讓全身縮成一團，不想睜開眼睛。

「妳不要用我的名字，妳不是我。」露娜環著膝蓋，說道。

「……？」

「蕾娜爲什麼還不來救我……她自己說要保護我的……」把臉埋在手臂中，露娜哽咽地想起了雙胞胎姊妹的誓言。

在這裡漫長的時間中，複製品經常聽見露娜這樣哭泣著。似乎在很久以前，她的姊妹說過要和她永遠在一起並保護她，只是露娜不斷等待著，始終沒有等到和自己相似的另一半到來。

「我救妳啊。」

露娜抬起頭。

複製品微笑，摸著小女孩的頭，細細長長又柔軟好摸的長髮，「我就是露娜，那我救妳啊。不喜歡這個地方，那麼就都不要吧，我也不喜歡……」

她們的交談就到這邊結束。

監視著本體與複製品的實驗者們一聽談話內容不對勁，立即將本體與複製品分開，不允許複製品做出多餘行爲，實驗者們打算移除她的所有記憶，恢復成初始狀態。

準備第二具複製品的同時，第一具複製品被關押到準備室中，預計排除所有記憶。

看著銀白色的小房間，複製品稍微思考了下。

實驗者們對她注射了壓抑能力的藥劑，但其實劑量不足。從獨立思考的第一天開始，她就不再表現出更多的進步，並未完全顯現出自身的能力。

她可以聽見露娜的哭泣。

「因為是本體，所以小露必須服從造物者。」

發動能力時，監控她的實驗者並沒有注意到不對。

除去迷幻、月神之外型，她們還擁有無法偵測底線的力量。直到今日，實驗室所擁有的數據只是「她們想讓他們知道的」，不論是她或露娜都未使盡全力過。

不過露娜比較小，所以藥劑已能完全封鎖她的能力，和其他被抓來的孩子一樣。

噁心的實驗者是成人，又大又不像其他孩子小小可愛的，那種型態的成人是不受歡迎、被其他小小孩子們所厭惡憎恨的，還會讓大家感到疼痛、受傷，對所有人予取予求，所以即是怪物。

「露娜不要哭，我會救妳。」她才是露娜，蕾娜並不是露娜，所以她必須以本體（造物者）的需求為第一優先。

破壞束縛時，實驗者們立刻發動了守衛，巨大機組從四面八方掉落，不祥的警告光色閃爍著。

並不太在意會受到什麼傷害，她忽略藥劑帶來的影響，用力朝機組揍下去，承擔不了巨力的機組當場被她破壞成一堆廢鐵，然後第二具、第三具也是如此，直到她打破據說無法破壞的銀白色牆面後，實驗區域徹底響起警鳴。

路過關押其他實驗品的房間時，她也順便把那些牆壁都破壞掉。

不知道是怎樣的能力者，有的實驗品好像天生能排除壓抑藥劑；總之連失敗的實驗品都竄出走道，這讓實驗者們氣急敗壞地連忙使用各種護衛功能「清除」。

實驗室一下子陷入大亂。

這狀況持續了約莫一整個晚上吧，複製品路過實驗室時，得到充裕的時間毀滅即將生成的第二具複製品，以及所有備用樣本。之後，始終不敵成人和那些機組，實驗品們遭到鎮壓，有的死了、有的被扔掉了，有些被扔回小房間裡；而露娜的複製品被注入更多壓抑能力藥劑，剝奪意識，封鎖在地底區域中。

當時，沒人想到這些騷動與破壞會造成守備漏洞。

一組探險隊誤入了漂浮在海面上的奇異島嶼，因爲分散，各自踏入了迷途，有些人踩中陷阱就此消失，有些人被隱藏在島內的守衛捕捉，清洗記憶後扔到海上被路過的船隻救援。

有些人則是幸運地沒被發現，通過漏洞，進到深藏在海島內的區域。

阿德薩在這一日找到被移至隱蔽區域的露娜。

然後，露娜帶著阿德薩，將無意識的複製品從地底中挖出來，一起離開。

□

複製品清醒時，是在不知所在的簡陋房屋裡。

叫作阿德薩的青年與重聚的護衛黛安，暫時先安頓在某個自治區海島的小屋裡。這裡沒有什麼儀器，小海島上都是拋棄科技的居民，種植植物、養牧動物，房屋是複製品沒見過的磚木材質，家具也不像實驗室中那麼精緻。

但是，看起來很可愛。

這時，已經成長得與她相差無異的露娜一直跟在阿德薩身邊。

阿德薩也是名工程師，在聽過露娜敘述後，幫她尋找家人，這才發現露娜的父母早在很久之前就已經不在了，留下的家產不知什麼原因被其他商行併吞，唯一的女兒蕾娜也不見蹤跡。透過各種管道，青年與當時的黑森林，以及自己的聯盟軍友人聯繫上，才尋找到被森林之王收容的蕾娜。

相同地，蕾娜也正用盡各種管道尋找幼時被抓走的露娜。

過程中，阿德薩發現當時有各種勢力壓下這些事件，使得露娜一家的事情被淡化，連蕾娜都被監視了不短的時間。所以會同黑森林與亞爾傑一起調查背後的事情，但是對方藏匿得比他們所想還深，幾乎無法翻出。最後，只好暫時先放下，然後青年帶著兩名女孩與護衛回到第六星區。

當然，他重新僞造露娜與複製品的身分，避免被捕捉。

與蕾娜重逢後，露娜一天天成長，複製品依舊不變。

偶然間，阿德薩得到黑島的情報。第一次進入黑島時，他在露娜的懇求下消除露娜與複製品的相關檔案，但因爲時間緊迫不知道有沒有順利完成。再次得到移動島嶼座標時，他認爲有重回島嶼的必要。除了回去檢視當初是否有所遺漏，也能弄清楚那座島嶼裡藏著的究竟是什麼，以及或許可以找到讓複製品變成正常人、可以成長的方法。

所以將兩人寄放在黑森林，自己重組研究團，循著座標而去。

那時候已變成「小茆」的複製品與蕾娜學習到不少新知識，知道世界上更多事情，也和露娜一樣討厭噁心的成人，喜歡小小、可愛的東西，因爲她們認爲只有小小、可愛的才和自己同一邊，少許成人爲己方，大多數的都是敵人。

噁心的、殘忍的，無法接受。

所有人，包括亞爾傑都沒想到阿德薩這一去竟然是踏上了陷阱。

直到多年後，當亞爾傑在聯盟軍已有了地位，回頭深入調查，才發現當初情報的來源相當可疑，但卻被掩蓋成具有相當眞實性的情資，欺騙團隊不疑有他地前往；到達目的地後，研究團立刻發現不對勁時，早已暴露在極高度的污染下。

一開始，阿德薩等人以爲影響並不大，撤回後也沒有發現其他異常，只是其中有幾人身體特別不適，回到第六星區後緊急送入聯盟軍醫院。最初診斷僅有遭到輕微污染，投藥後即可返家觀察，卻在數日後發現診斷錯誤。

第一個陳屍家中的研究員被發現，聯盟軍展開封鎖。很快地，第二名人員同樣也從家中被搜出，接著是第三、第四……聯盟軍開始對整個研究團隊進行調查，大部分人都遭到隔離，僅剩幾名人員幸運未遭感染。

同樣被檢查出帶有不具感染性的嚴重污染，阿德薩就像其他人員，身體漸漸出現嚴重傷害異變，亞爾傑與森林之王四處奔波收集藥物，不過也僅止於壓抑擴展速度。聯盟軍中自然也有人以醫療作爲交換條件，不過被阿德薩婉拒。

小茆就在房門邊，看著露娜一直哭泣。

跟著阿德薩離開實驗室之後，露娜原本已經漸漸減少哭泣和掛著冰冷表情的時間，慢慢開始接受外界，打扮漂亮、喜歡各式各樣小小的精巧物品，喜歡和阿德薩在一起，兩個人一起研究工程學，也常常惹得阿德薩無奈又好笑。

她就看著他們。

本體非常喜歡現在的生活，本體的心願就是現在有些小吵小鬧，但卻可以自由自在、嬉笑打罵的日子。

□

留意到他們被監視，是在從醫院回來的路上。

因爲露娜不想離開阿德薩，所以小茆經常來回跑腿拿取抑制藥物，不過大多時間還是亞爾傑拿來得多。

她眞的不喜歡那個怪怪的人，既不小也不可愛，還常常硬要送各式各樣的東西來，不是纏著她搗亂，就是纏著阿德不放，讓只想膩在阿德身邊的露娜也氣得牙癢癢。

被鬧過幾次後，小茆終於把拳頭往對方身上招呼，結果一直揍對方仍不肯放棄，越揍越糾纏，吃不消。

那天也是一樣，把青年甩掉後，小茆拿著對方的授權要去取藥。原本青年早上要一起帶過來的，不過醫院臨時出了點事，準備好的藥劑必須緊急重製，延誤到下午。

一拳將要跟來的青年揍在牆壁上，她便自行出發取藥。

離開家裡沒多久，她注意到有人鬼鬼祟祟地跟著，而且是從離家開始就跟了。計畫成爲「月神」後，他們總是很注意這類被跟蹤的事情。成爲月神，除了露娜不喜歡泰坦之外，最大的目標是想從聯盟軍裡找尋當年實驗室的資料；且亞爾傑也證實了當年將阿德薩團隊騙入污染島的事，很可能軍方某一派也曉得，甚至參與其中，所以那份島嶼的情報才會被發出來。

的確，那些噁心的人時常說要給「出資方」成果，就算軍方有人私下牽涉其中也不奇怪，重要的是將他們找出來。

小茆稍作思考，刻意將對方引到偏僻無人的郊外。

顯然對方也在等她這樣做。

到達毫無人煙的隱蔽處後，小茆只等待了數分鐘，穿著一看就知道不是好人的男子便帶著猥褻的表情走出來。

「還記得我嗎？」

男子露出不懷好意的笑，「妳果然完全沒變，我們最美的月之能力者。」

實驗室的人。

小茆當然還記得對方，她在還是小露時，經常到這人的私人工作室裡，弄暈對方，使用對方的授權讀取各式各樣的資料。

「多虧妳搗亂，實驗室被外人發現後，害我們一批人遭到肅清，幸好我逃得快，不然這筆帳還不知道要怎麼找妳們算。」

根據這噁心人所說，當年阿德薩的團隊誤入小島後，除了阿德薩進入深處帶走露娜與複製品，也有其他研究者取得當地的數據記錄，甚至有人記錄到藏於其中的實驗人員。所以擁有島嶼的人立刻出手清除相關的一切，包括實驗人員，大部分可替換的實驗人員都遭到滅口，男子是在前一天收到消息，急忙靠著潛水船逃出。

「妳以為妳們已經逃出來了嗎？太天眞了，妳們的一舉一動，全部都還在記錄中啊。」男子得意地笑著，指著小茆，「還是乖乖跟我回去吧，這樣我可以重新取回實驗室，妳也不會遭到太嚴重的處罰。」

原來是這樣……嗎？

小茆看著對方，突然了解阿德薩當年為何會收到假島的情報，「要消滅所有上島的相關者嗎……」

不想被暴露的黑島，讓那支研究隊重新組合起來，很可能連他們重組的人選都被某股力量所推動，所以當年阿德薩重回島嶼的研究團隊，幾乎七、八成都是之前上島的成員，大多數人也都想知道那時進入的是什麼地方。

只是他們沒有預料到那是敵人設下的陷阱，要讓他們用誤入污染島這種毫不奇怪的理由全體滅亡。

「你現在知道黑島在哪裡嗎？」小茆露出微笑，詢問。

「……我所有資料和儀器都被銷毀了，不過沒關係，一定有辦法可以找回去。」已經孑然一身的男子這樣說著。

「嗯，那你果然沒有用了。」

荒郊野外，就算男子發出再怎樣淒厲恐懼的慘號，都不會有人來救他。就像在實驗室中，包含她在內的所有實驗品哭泣慘叫，也沒有人來救他們。

所以露娜特別珍惜阿德薩，露娜也無法離開阿德薩，因爲他是在那深不見底的黑暗中，唯一進來將她們救出去的人。

小茄看著手上溫熱的鮮血，並沒有覺得太噁心，就是覺得髒，和四周被扯碎的屍體一樣，不管是活著還是變成肉塊，都無比骯髒。

「我可以幫妳保守祕密，交換條件是明天的下午茶。」

她轉過頭，看見亞爾傑站在身後不遠處，滿地的屍塊並沒有嚇退青年，甚至還讓對方露出某種覺得有意思的笑，「不然我就向阿德告狀？」

「那就殺了你。」眼前的人並不是能力者，小茄有絕對把握同樣能撕扯對方。

「這可不行，顯然爲了阿德和阿德的藥，我得活久一點；還有，妳們肯定也須要我幫忙清除那些監視的玩意。剛剛那個人不是說了，妳們還在被記錄著，我想我應該有點辦法可以幫妳們、甚至幫其他能力者掩蓋行蹤。」亞爾傑聳聳肩膀，很不以爲然地說道：「不過其實我很想讓小茄美女能眞正觸摸到我的眞心～」啊啊，差點用腳底觸碰到別人的眞腸子。

「閉嘴。」

一地的血紅，讓小茆的思緒突然變得很清晰。

如果是那些噁心的人設計污染島嶼陷阱，加上他們所擁有的科技、設備，是否能在黑島上找到阿德的解藥？

找尋到黑島後，將剩下的人全部殺光，這樣露娜就再也不會因爲黑島而哭泣，那些心驚膽戰的日子才眞正可以完全遺忘。

她必須保護本體，也要保護阿德，因爲本體是這麼期望的，只要保護好「本體」，就是保護了「自己」。

露娜就是小茆，小茆也是露娜。

以露娜的希望作爲生存的一切，以本體的願望優先服從實現。

找到解藥、毀掉黑島。

最後，怪物不再存在，本體就能得到完全的幸福。

抬起頭時，她看見亞爾傑站在她面前，還可惡地用那隻手摸著她的頭髮。

想也不想，小茆直接把青年的手給扭下來。

紅色的血染到對方手上，伴隨吃痛的哀哀叫聲。

「別碰我。」

「可是小茆美女很可愛啊～」

亞爾傑含著一泡眼淚，還是不死心地想親近女孩，「最喜歡妳了，可以永遠在一起就好了。小茆美女不會變老，這樣等我成爲老公公時，還可以向其他人炫耀我有超幼美女老婆我超強。」

小茆的回答是直接給對方一拳，揍得他黏在地上爬不起來。

她不需要這種又大又不可愛的人類。

本體需要的是阿德薩，所以她也要阿德薩完好，這樣阿德才可以永遠陪伴露娜，露娜也不會繼續哭泣。

「小茆美女，嫁給我？」

躺在血紅地面的亞爾傑不知道從哪裡拿出來一個小方盒，裡面裝著亮亮的小戒指。

她往對方臉上再踩一腳，離開荒野。

爲了本體，就算撕碎更多骯髒的噁心人類都無所謂，毀滅不該存在的黑暗島嶼，殺光實驗室所有人，讓噩夢不再延續。

這樣，露娜（自己）終將能夠綻放眞正的笑容吧。

〈自己〉完

By Roo

國家圖書館出版品預行編目資料

兔俠. 卷5，背叛者 / 護玄 著.
——初版.——台北市：蓋亞文化，2014.08
面；公分. ——（悅讀館 ；RE305）

ISBN 978-986-319-102-5（平裝）

857.7 103013471

悅讀館 RE305

兔俠 vol. 5 背叛者

作者／護玄
插畫／Roo　封面設計／克里斯
出版／蓋亞文化有限公司
地址◎ 台北市103赤峰街41巷7號1樓
電話◎（02）25585438　傳眞◎（02）25585439
網址◎ www.gaeabooks.com.tw
部落格◎ gaeabooks.pixnet.net/blog
電子信箱◎ gaea@gaeabooks.com.tw
投稿信箱◎ editor@gaeabooks.com.tw
郵撥帳號◎ 19769541　戶名：蓋亞文化有限公司
法律顧問 / 義正國際法律事務所
總經銷 / 聯合發行股份有限公司
地址◎ 新北市新店區寶橋路二三五巷六弄六號二樓
電話◎（02）29178022　傳眞◎（02）29156275
港澳地區 / 一代匯集
地址◎ 九龍旺角塘尾道64號龍駒企業大廈10樓B&D室
電話◎（852）2783-8102　傳眞◎（852）2396-0050
初版一刷 / 2014年8月
定價 / 新台幣 240 元
Printed in Taiwan

ISBN／978-986-319-102-5

GAEA

GAEA